나는 오늘
학교를

그
만
둡
니
다

자기만의 길을 찾아가는 학교 밖 청소년 이야기

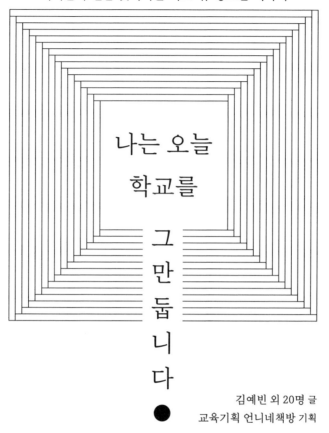

# 나는 오늘 학교를 그만둡니다

김예빈 외 20명 글
교육기획 언니네책방 기획

보리

# 책방 다녀오겠습니다

'책방 다녀오겠습니다'라는 프로그램으로 학교 밖 청소년들을 모았습니다. 과연 몇 명이나 지원할까 걱정했습니다. 모집 인원을 훨씬 웃도는 신청서가 도착했고, 대구, 구미, 대전, 음성, 전국에서 버스와 기차를 타고 주마다 서울에 오겠다고 했습니다. 지방에는 왜 이런 프로그램이 없느냐는 아쉬움 가득한 말들이 쏟아졌습니다.

저 또한 학교 밖 청소년이었습니다. 자퇴를 하자 그 까닭을 묻는 사람들의 눈빛이 넘쳐 났습니다. 학교를 벗어난 세상에서 하고 싶은 일들이 많았지만, 사람들은 세상에 유토피아는 없다고 말해 주었습니다. 그때의 나에게 필요했던 말을 기다리고 있을 누군가들을 만나고 싶었습니다. 자퇴에 대한 해명 대신 마지막으로 교문을 나서던 날의 감정에 대해 물어보는 사람이 있었다면, 학교 바깥에서 하고 싶은 일들에 대해 진지하게 귀 기울여주는 사람이 있었다면 나를 덜 의심하고 더 나답게 살 수 있었을지도 모르는 일이었습니다.

학교 밖 청소년들과 함께 15주 동안 자기 이야기를 글로 쓰고 책으로 엮었습니다. 우리가 모여서 나눈 이야기는 특별한 내용이 아니었습니다. 자주 가는 공원의 산책로에 대해, 나를 좋아하지 않는 나 자신에 대해, 나를 일으켜 세운 음악에 대해 이야기했습니다. 누구나 할 수 있는 이야기였습니다. 그 이야기들에서 서로의 공통점을 발견하는 날들이 많았지만 다름을 발견하는 날들 또한 많았습니다.

때로는 글을 쓰다가 눈물을 펑펑 쏟기도 했습니다. 같이 글을 쓰던 다른 이들은 아무 말 없이 휴지를 건네주었습니다. 종종 한 줄도 못 쓰고 가만히 앉아 있기도 했습니다. 그럴 때면 다그치는 말 대신 어떤 생각에서 멈춰 섰는지 들었습니다. 중요한 건 잘 쓰고 못 쓰는 일보다 글을 쓴 이에게 귀 기울이고, 눈물 흘리는 것을 모른 척하면서 곁을 주는 경험이었습니다.

학교 밖 청소년들은 자퇴하는 까닭을 개인의 문제로 바라보는 사람들의 시선에 대해 이야기했습니다. 분명 자발적인 선택이었지만 그런 시선들에 둘러싸이면 스스로를 의심할 수밖에 없다고 말했습니다. 사람들에게 저마다의 유토피아가 있다면 우리의 유토피아는 의심이 사라진 자리가 아닐까 생각했습니다. 15주라는 짧은 시간이 우리에게 가장 필요한 유토피아가 되길 바랐습니다. 나를 해명하지 않아도 되는 집단 속에서 서로에게 조용한 지지를 건네며, 각자에게 가장 필요한 기억을 저마다 가져갈 수 있다면 그걸로 충분할 거라고 생각했습니다.

프로그램이 끝난 뒤에도 서로 소식을 주고받았습니다. '내가 15주 만에 책도 썼는데 뭔들 못 하겠냐'는 마음으로 새로운 도전을 한다는 이도 있었고, 용기 내어 식구들에게 책을 선물한 뒤 집에서 숨 쉬는 것이 조금 편해졌다는 이도 있었습니다. 어떤 이는 여전히 힘들고 괴로운 순간이 많지만 그럴 때마다 '책방 다녀오겠습니다'에서 나눈 경험을 떠올린다고 했습니다.

2018년과 2019년에 걸쳐 학교 밖 청소년 60여 명과 써 온 글을 엮었습니다. 나와 조금이라도 가까운 단어와 문장을 주저한 끝에 꺼내 놓는 마음을 용기라고 부를 수 있다면, 이 글들이야말로 용기로 무장된 글일 것입니다. 부디 십 대 청소년들의 용기가 무사히 전달되어 책을 닫을 때는 '학교 밖 청소년들의 글'보다 '용기의 글'로 기억되길 바랍니다.

어쩌면 여러분들께 가닿은 용기가 새로운 용기로 피어날지도 모른다는 기대를 해 봅니다.


교육기획 언니네책방을 대표하여
길도영

# 차례

# 1부

수업
끝

다시는 오지 않을 이곳에 작별 인사 따위는 하지 않았습니다. 아이들에게 인사도 하지 않았습니다. 그냥 그 가벼운 책가방을 메고 터벅터벅 교정을 걸어 교문으로 향했습니다. 교문에 다다르고, 열려 있는 철문을 보았습니다. 느꼈습니다, 뱃속 깊숙한 곳에서부터 올라오는 열기를.

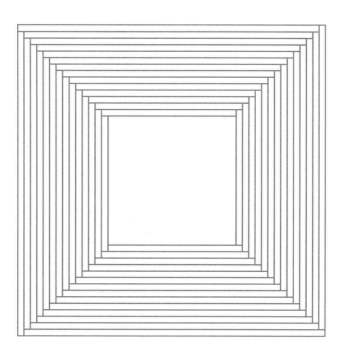

# 내가 사랑하는 길

김예빈

"나는 학교를 다니지 않는다."

라고 이야기하는 사람들을 바라보았다. 한숨을 내쉬었다. 걱정, 불신, 어쩌면 한심. 또는 무시. 가지 않은 길 위에 서 있는 사람들을 볼 때면 곱지 않은 시선으로 바라보았다. 그게 나였고 지금 이 자리, 내가 서 있는 이 자리가 바로 그곳이다. 가지 않은 길, 인적이 드문 길, 내가 외면하고 배제시켰던 그 길. 그 위에 내가 있다.

내 소신껏 잘 살아가고 있다고 자부하는 내 삶에도 안개가 자욱하게 앞을 가리던 때가 있었다. 어디로 가야 할지 몰랐다. 너무 흐릿하고 사람도 많아서 내 모습조차 볼 수 없었다. 내가 조금씩 사라져 가는 기분. 나는 특별하다고, 틀림없이 대단한 사람이 될 거라고 굳게 믿었던 어린 시절이 부끄럽고 어리석게 느껴졌다. 그러다 사람들의 북적임 사이로 두 갈래 길을 겨우 발견했을 때, 그 순간부터 나는 내가 되었다.

유난히 끌리던 길이 있었는데 그 길이 무척이나 반갑게 느껴졌다. 그곳은 뿌옇지 않았다. 저기로 가면 내 모습을 볼 수 있지 않을까? 그래서 정말로 몸이 이끌려 너무 당연하게 발을 디뎠다. 우려의 목소리가 없었던 건 아니었지만, 그때 내겐 꿈이 있었고 둘 중 어느 길을 택해도 큰 지장이 없었다. 발자국도 얼마 없는 한산한 그 길을 처음 걷기 시작했을 때의 느낌은 신기하게도 참 낯설지가 않은 게, 뭔가 익숙하기까지 했다. '드디어 학교에서 벗어나 내 길을 걷고 있구나!' 같은 짜릿한 기분도 아니었다. 처음부터 예정되어 있었다는 듯 걷는 나를 가만히 바라보면 모든 게 퍼즐처럼 딱딱 들어맞는 기분이었다. 그리고 난 그 느낌이 아주 마음에 들었다.

난 열일곱 살에 일반 고등학교로 진학하지 않고 '오디세이 학교'를 다녔다. 그 과정을 마치고 한 해 늦게 들어간 일반 고등학교에서 일주일 만에 자퇴를 결심했다. 그 일주일 사이에 무슨 일이 있었느냐고 묻는다면 해 줄 말이 없다. 학기 초라 아직 우리 나라 입시 교육의 쓴맛을 느끼기도 전이었고 누군가와 갈등이 있었던 것도 아니었다.

하지만 그 일주일 동안 교실에 앉아 무슨 생각을 했냐고 묻는다면 조금 할 말이 생긴다. 나는 내가 사라지는 줄 알았다. 고등학교 생활을 거의 시작도 안 했는데 내가 조금씩 사라져 가는 일이 이미 진행된 것 같았다. 그리고 그 느낌이 진저리나게 싫었다고 말하고 싶다.

그때 나는 나에 대한 확신이 가득한 사람이었다. 그랬던 내가 '신입생 상견례'를 하기 위해 나보다 한 살 어린 친구들과 체육관으로 우르르 올라갔던 날. 나는 계단을 오르며 체육관이 뭐 이렇게 머냐는 생각만 했지, 곧 시작될 상견례가 '신입생 복장 검사 및 벌점으로 겁주기'일 거라고는 정말이지 생각도 못 했다. 그들은 복장 검사를 했고 나는 그걸 복장 검사로 볼 수 없었다. 복제품 가운데 불량품을 골라내는 그들의 거만한 분위기가 모두를 긴장시켰다. 우스웠다. 눈썹을 그린 나는 불량품이었다. 걸리기 싫어서 원래도 긴 치마를 한껏 더 내리고 립밤도 박박 지웠는데…….

그렇게 불량품 리스트에 이름이 적히기 위해 줄을 섰는데, 그 앞엔 내가 같은 학년 친구들보다 한 살 언니라고 입학 전부터 잔뜩 기대하는 척 부담을 주며 은근히 날 압박했던 선생님이 서 있었다. 그 선생님은 학생들 이름을 바삐 적어 내려가다가 나를 발견하자, 굉장히 충격을 받은 것처럼 탄식을 내뱉으며 기가 찬다는 표정을 한껏 지어 보였다.

교실로 돌아와 자리에 앉는데 기분이 더러웠다. 밝은 색으로 페인트칠해 놓은 가식적인 교실 벽이 우스워졌을 때, 나는 그 순간부터 내가 되었다. 이곳에 나를 낭비하기 싫었다. '아, 뭐야.

여긴 내가 있을 곳이 아니잖아.' 3년 동안 이곳에서 깎여 나가고 지워질 내 조각들을 생각하니 속상해 죽을 맛이었다. 지금 생각해 보면 그때 난 '어우 싫어! 나는 나를 한 조각도 안 잃어버릴 거야. 어우 질색이야!' 하는 마음으로 학교를 나왔던 것 같다.

나오는 동시에 두 갈래 길 중 인적이 드문 길, 외로울 수도 어쩌면 위험할 수도 있는 그 길이 시작되었다. 이곳엔 안개가 없다. 안개가 내 얼굴을 가리고 친구들의 얼굴도 가리던 그때와 다르다. 누군가가 실수로 또는 고의로 짝꿍의 발을 밟는 일도, 밟혀서 상처가 남는 일도 없다. 그 상처를 당연하게 생각하는 사람들도 없다.

"학교 왜 다녀?"

"그냥 다니니까 다니는 거지."

학교를 왜 다니지 않느냐고 묻는다면 나도 이렇게 대답하고 싶다. "그만뒀으니까 안 다니는 거지." 이 답변이 조금 건성으로 느껴질지언정 전혀 이상해 보이지 않는 것처럼, 그런 말을 해도 '대책 없는 사람'으로 보일 일은 없는 것처럼, 나도 그렇게 말하고 싶다.

나에게 자퇴란 그런 것인데, 물론 따지고 보면 많은 이유와 생각이 얽혀 있는 선택이지만, 나에겐 자퇴가 그렇게 새로운 것은 아니었다. 웬만한 사람들은 자퇴라는 것을 특별하거나 유별나게 이야기하지만 나에겐 아니었다. 인생의 엄청난 터닝 포인트도 아니었다. 그냥 처음부터 내가 가려던 길, 예정되어 있던 길 같다. 왜 자꾸 이런 느낌이 드는지는 나도 잘 모르겠다.

나는 지금 그 길에 한 줄의 발자국을 찍어 나가고 있다. 안개도 없이 수월하고 자유롭게. 거창한 마음가짐이나 화려한 계획 등은 잘 모르겠다. 나는 그저 내가 더 행복할 것 같은 길을 택했다. 그랬더니 정말 그랬다. 그저 걷는 오늘이 아니라 어제를 되돌아보고 내일을 기대하는 오늘을 사는 중이다. 흔들흔들 불안할 때도 있지만 후회한 적은 한 번도 없다. 나는 현실적인 너보다 조금 무모할 만큼 이상적인 나를 더 좋아하니까. 어쨌거나 나는 안개에서 벗어난 나를 책임지고 행복하도록 만들 거다.

다른 이들도 내가 걸어온 발자국을 보고 용기를 얻는 날이 오길. 그럴 수 있을 만큼 내가 좋은 사람이 되어서 그 기쁨을 주변으로 흘려보낼 수 있길.

먼 훗날 다시 이 글을 들여다보면서 아주 자신만만하게 끄덕이고 싶다.

# 수업 끝

박주영

　오늘 나는 학교를 그만둡니다. 몇 달 동안 머릿속으로만 이날을 그리면서 많은 빛깔의 상상을 했습니다. 책상을 엎고 나올지, 유난히 싫어했던 그 선생님께 욕을 하고 나올지, 학교 운동장에서 교과서를 모조리 불태울지. 모두 구미가 당기는 생각들이었습니다. 그렇게 하루하루를 버티며 오늘까지 왔습니다.

　수업을 듣기 싫어서 보건실에서 잠을 자고, 교실 책상에 엎드려 잠을 자고, 도서관 구석에 숨어 잠을 잤습니다. 딱히 더 졸리거나 그랬던 것은 아닙니다. 그저 눈을 감고 싶었습니다. 예쁘기로 소문난 학교의 벚꽃나무가 보고 싶지 않았습니다. 나에게 실망한 선생님의 주름 잡힌 미간이 보고 싶지 않았습니다. 더 이상 왜 점심을 먹지 않냐고, 왜 수업에 들어오지 않냐고, 어디 아프냐고 묻지 않는 반 아이들이 보고 싶지 않았습니다. 그저 어둠 속에서 살고 싶었습니다.

오늘 나는 학교를 그만둡니다. 다른 아이들에게는 자기들과 똑같이 여름방학을 보내러 잠시 학교를 떠나는 것처럼 보일 것입니다. 사물함에 모든 교과서를 처박아 두었습니다. 잡동사니들은 책상 서랍에 넣어 두었습니다. 가방에는 늘 들고 다니는 베개와 학생증뿐입니다. 학생증은 집에 가서 망치로 깰 계획입니다. 선생님의 훈화 말씀이 끝나고 마지막 기도를 드렸습니다. 생전 안 찾던 하나님께 오랜만에 기도를 드려 보았습니다. 도와 달라고, 앞이 보이지 않고 안개가 끼어 있으니 빛을 비추어 인도해 주시라고, 나를 사랑한다면 나를 살려 달라고, 그렇게 기도를 드렸습니다. 종이 치고, 그리고, 정말 끝났습니다.

다시는 오지 않을 이곳에 작별 인사 따위는 하지 않았습니다. 아이들에게 인사도 하지 않았습니다. 그냥 그 가벼운 책가방을 메고 터벅터벅 교정을 걸어 교문으로 향했습니다. 교문에 다다르고, 열려 있는 철문을 보았습니다. 느꼈습니다, 뱃속 깊숙한 곳에서부터 올라오는 열기를. 바이킹이 떨어질 때 온몸에 소름이 돋고 간지러운, 소리를 마구 지르고 싶은 그 느낌을 받았습니다. 학교 옆 지하철역 화장실에 들어가 입을 막고 목이 아플 때까지 소리를 질렀습니다. 변기에 토를 했습니다. 역한 기분에 가글을 하고 싶었지만 없어서 못 했습니다. 그리고는 아무 일도 없었다는 듯 화장실을 나와 집으로 가는 버스를 탔습니다.

# 가장 중요한 결정

나은진

　나는 오늘 인생에서 중요한 결정을 내렸습니다. 그 결정을 내리고서 지금 막 학교 문을 나서는 길입니다. 그토록 벗어나고 싶었던 곳을 떠나는데, 어째서 눈물이 흐르는 것인지 모르겠습니다. 힘든 여정을 이겨 낸 나에 대한 감동일까요, 그래도 좋았다고 말할 수 있는 추억들을 놓고 가는 아쉬움 때문일까요. 하지만 학교를 벗어나는 순간 느꼈던 해방감은 마치 어제처럼 지금도 선명하게 느껴집니다.

　모두가 흔히 밟는 코스, 고등학교를 졸업하고 대학교에 진학하거나 취업하는 길. 나는 모두가 당연하게 여기는 그 길에서 벗어나 자퇴라는 다른 길로 뛰어들었습니다. 쉬운 결정은 아니었습니다. 남들과 다른 길을 걷는다는 것이 얼마나 힘든 일인지 알고 있었지만, 숨 막히는 학교에 3년이나 갇혀 사는 게 더 힘들다고 판단했기에 자퇴를 선택했습니다. 인생을 살다 보면 수많은 선택과 결정을 내리게 되는데, 지금 이 선택이 내 인생을 뒤바꿔 놓을 중대한 사건이 아닐까 하는 생각이 듭니다.

실제로 많은 것이 바뀌었습니다. 나를 한동안 힘들게 했던 우울증이 괜찮아졌고, 몇 글자 제대로 쓰지 못하던 글을 몇 페이지씩이나 쓰게 만들었고, 스스로 목표를 세우게 했죠. 엉망진창인 생활 습관은 쉽게 바뀌지 않아서, 아직도 고치려고 노력 중이지만 말입니다.

사실, 남들에게는 글을 쓰고 싶어서 자퇴했다고 말했지만, 그보다 더 절박한 이유가 있었습니다. 학교에 다닐 때 심한 우울증에 시달리고 있었습니다. 아침에 일찍 일어나, 저녁까지 학교에 갇혀 지내야 하는 생활과 전혀 관심 없는 분야의 과목들을 공부해야 하는 삶. 시험과 수행평가로 나를 평가하고, 남과 비교하고, 대학을 갈 수 있을지 불안에 시달리며 입시 정보를 검색하곤 했던 나날들. 그 모든 것이 나를 숨 막히게 만들었습니다. 쓰고 싶었던 글은 써지지 않고, 집에 돌아오면 피곤하다는 핑계를 대며 누워서 휴대폰만 만지작거렸습니다.

시간은 덧없이 흘러가는데, 이뤄 낸 것은 하나도 없으니 마음이 조급해지고 자꾸만 스스로를 자책했습니다. 왜 이렇게 살아야 하는지, 왜 이런 삶을 버텨야 하는지 하루에도 수십 번 물음을 던졌지만 원하는 답을 얻어 낼 수 없었습니다. 고등학교에 다니는 학생이기 때문에 버텨야만 한다는 일관적인 대답만이 있었을 뿐.

그런 삶을 더 이상 견뎌 낼 수 없었고, 자살이라는 극단적인 선택을 하고 싶었습니다. 살아 있는 것보다 죽는 게 더 행복할 거라 생각했던 그 시절은 이루 말할 수 없이 어두웠습니다. 최악보다 차악을 바라보자는 심정으로, 그때부터 자퇴에 대한 정보를 검색하기 시작했습니다. 그리고 고등학교 1학년 2학기, 방학이 시작되자 상담 선생님을 찾아 자퇴 상담을 했습니다.

자퇴 이후 계획을 세세하게 정리한 공책을 보여 주며 내 마음과 추후 행보를 밝혔더니, 선생님들은 생각보다 쉽게 자퇴에 동의해 주었습니다. 문제는 부모님이었습니다. 자퇴를 엄청나게 반대하며 공부를 하지 않아도 좋으니 고등학교 졸업장만이라도 따라고 부탁하며 제 길을 가로막았죠. 그 부탁이 너무나도 싫었습니다. 지금 당장 죽을 것 같은데 그곳에서 얼마나 더 버티라는 것일까요. 그래서 끈질기게 매달렸고, 설득하고, 화내고, 싸우고, 울었습니다. 마침내 허락을 받은 날 이를 악물며 천장을 바라보았습니다. 밤새 눈물이 멎지 않아서 퉁퉁 부은 눈으로 다음 날 아침에도 학교를 가야 했습니다.

숙려 기간을 거치고, 굳은 결심으로 자퇴 신청서를 내고, 학교장의 승인이 떨어진 날, 괜히 아쉬움이 들어 학교 여기저기를 돌아다녔습니다. 항상 수업을 듣던 교실, 동아리 활동으로 날마다 오갔던 도서관, 여러 이야기를 나누었던 상담실, 선생님들을 찾아가던 교무실, 가장 편한 시간을 주었던 급식실⋯⋯. 누군가는 고등학교의 추억이 평생 추억이라 했지만, 나에게는 실없는 소리였습니다. 나의 자취와 온기를 남긴 곳이었지만, 그만큼 고통스러웠기에 미련 없이 떠나보낼 수 있었으니까요.

이제는 그렇게 기억에 남지도 않는 과거입니다. 과거에 얽매여 살기보다는 현재에 집중하기로 한 지금, 더 나은 미래를 향해 걷고 있지만 내일을 걱정하기보다 오늘을 즐기며 살고 있습니다. 맛있는 음식을 먹고, 충분히 잠을 자고, 친구들과 만나 즐거운 대화를 나누는 일상. 오늘 일을 하지 않아도, 내일이 있으니까 괜찮다고 스스로를 다독이며 살아가고 있습니다.

이것이 이제까지 살아온 나에게 가장 중요한 결정입니다. 그리고 언젠가는 '가장 중요한 결정이었습니다'라는 과거로 남겠지요. 앞으로 살아가면서 이보다 더 많은 선택과 결정에 사로잡히게 될 테니 말입니다. 그리고 나는 지금 이 결정을 결코 후회하지 않습니다. 나를 살아가게 만들고, 또 지금 이 글을 적게 하는 힘이 되었으니 말입니다.

# 살기 위한 자퇴

김다영

오늘 나는 학교를 그만둡니다.

왜냐고요? 미친 거 아니냐고요? 전교 1등이 꼬박꼬박 학교 다니면서 얌전하게 대학이나 갈 것이지 왜 반항을 하냐고요? 사회에서 받아 주는 사람이 없을 거라고요?

당신은 날 굉장히 잘 안다는 듯이 얘기하는군요. 미안하지만, 나는 미친 것도, 반항하는 것도 아닙니다. 사회에서 날 받아 주지 않을 수도 있다는 걸 이미 알고 있습니다. 그래도 나는 학교를 그만두어야 합니다. 한번 제 이야기를 들어보세요.

나는 우울증을 앓고 있습니다. 학교를 그만두는 지금, 이미 2년 동안 상담과 병원 치료를 받아 왔습니다. 하지만 2년이라는 시간 동안, 크게 나아지지 못했습니다. 학교라는 아주 무겁고 어두운 존재가 나를 붙잡고 있었기 때문입니다.

학교는 다수의 이익을 위한 집단입니다. 최대한 많은 국민에게 지식과 사회성을 전수해 사회에 적합한 인재를 확보하기 위한 국가의 교육기관입니다. 뿐만 아니라 교육을 통해 국민이 개인의 행복을 추구할 수 있도록 보조하는 기관이기도 하죠. 하지만 이 과정에서 손해를 입게 되는 '소수자' 집단이 생깁니다. 소수들은 다수와 많이 다르기 때문에 다수를 위해 설계된 학교에서는 쉽게 적응하지 못합니다.

제가 바로 그 소수인가 봅니다. 저는 남들과 다릅니다. 물론 이 세상 모든 존재가 특별하고, 이 세상 모든 사람들이 서로 다른 외모와 성격을 가지고 있다는 걸 알고 있습니다. 그렇기 때문에 내가 남들과 특별히 더 '다르다'고 간주하는 게 마치 자의식이 지나쳐서 그런 것처럼 보일 수도 있습니다. 하지만 이 짧은 인생에서 뼈저리게 느꼈습니다. 나는 조금 더 '많이' 다르다고.

일단 저는 다른 것에 관심이 있고, 다른 것을 궁금해합니다. 예를 들어 보겠습니다. 한 한국 가수가 외국에서 공연을 한다는 소식을 들었다고 합시다. 보통 사람들은 '굉장히 유명한 가수인가?' 아니면 '사람들이 보러 갈까?' '얼마나 대단한 음악이기에 외국에서 공연까지 할까?' 같은 의문을 가질 것입니다. 그리고 한류나 세계화 같은 개념으로 생각이 이어질 것입니다.

저는 이런 생각이 거의 들지 않습니다. 대신에 이런 생각을 합니다. '그 가수는 어떤 호텔에서 잘까?' '현지 음식을 먹을까? 한국 음식을 싸 가지고 갈까?' '어떤 회사의 비행기를 탈까?' '그

가수는 이 공연을 하게 된 것이 기쁠까? 혹시 너무 피곤하다며 귀찮아하진 않을까?'

시각 자체가 독특합니다. 어찌 보면 이상합니다. 이렇기 때문에 남들과 대화할 때 어려움을 겪기도 하고, 다른 사람의 생각에 공감하는 것을 힘들어하기도 합니다. 발상 자체가 다른데, 어떻게 서로를 잘 이해하고 깊이 공감할 수 있을까요.

또 한 가지 어려움이 있습니다. 저는 굉장히 어리숙합니다. 앞서 말한 특징과 미묘하게 연결될 수도 있습니다. 일단 크고 작은 실수를 잘 저지릅니다. 옷을 거꾸로 입거나 물건을 집에 두고 오는 일은 아주 흔한 일입니다. 바닥에 놓아둔 내 책가방에 내가 걸려 넘어져 인대가 늘어난 적도 있습니다. 사실 이런 실수 하나하나는 충분히 있을 수 있습니다. 하지만 이런 일이 하루에도 몇 번씩 일어난다면 삶이 상당히 피곤할 수밖에 없습니다.

또 알 수 없는 강박에 시달리고 있습니다. 대단히 고집스럽기도 합니다. 이런 고집스러운 강박은 어리숙해 보이고 이해하기 힘든 행동들을 낳습니다. 실수와 강박은 곧 사람을 대하는 모습에서도 드러납니다. 그래서 사람들과 지내는 것이 힘들어집니다.

감각이 아주 예민해 시끄러운 교실이 힘들기도 합니다. 교실에 앉아 있으면 스트레스로 환청이 들립니다. 그밖에도 집중력

부족이나 심한 감정 기복 같은 특징들이 있습니다.

적어도 초등학교 때까지는, 나의 이런 특징과 차이가 문제가 되지 않는다고 생각했습니다. 그래서 말과 행동이 자유로웠습니다. 남의 눈치를 보지 않고, 하고 싶은 대로 다 했죠. 그 나이의 아이들이 그렇듯 말입니다.

하지만 상황은 시간이 갈수록 나빠졌습니다. 이런 시각과 행동은 학교와 사회에서는 '비정상'이었고, 교정해야 할 대상이었습니다. 학교 선생님들은 강압적이었고, 교과서는 정답만 요구했으며, 친구들은 사회성을 요구했습니다.

학교 선생님들은 툭하면 화를 냈고, 잘못해도 사과하지 않았습니다. 스스로를 '교실의 왕'이라 부르며 저를 권위적으로 대했습니다. 교과서는 단 하나의 정답을 가지고 있었습니다. 시험 역시 이 정답을 외우지 않으면 안 됐습니다. 다른 시각은 용납하지 않았습니다. 더 이상의 질문은 그 누구도 받아 주지 않았습니다.

학교 친구들은 나를 혼란스럽게 했습니다. 크게 튀면 안 되지만 마냥 평범해서도 안 됐습니다. 나대면 안 되지만 고리타분해서도 안 됐습니다. 만만해선 안 되지만 무디게 넘어갈 줄도 알아야 했습니다. 어느 장단에 춤을 춰야 하는지, 나는 지금도 모르겠습니다.

초등학교 고학년 즈음부터, 학교는 나를 바꿔 놓았습니다. 의식적으로 내 생각과 행동을 수정해야 했습니다. 나는 스스로를 '문제아'로 인식했고, 이를 '모범생'으로 둔갑시켜 숨기려 했습니다. 다른 사람들이 '일반적'으로 하는 생각을 외워서 뇌에 주입했습니다. 실수를 하지 않으려는 강박 때문에 완벽주의에 시달렸고, 다른 사람과 의사소통이 잘 되지 않을까 봐 불안해했습니다. 선생님 말씀을 놓치지 않기 위해 엄청난 에너지를 써야 했고, 죽을 만큼 우울해도 쓰러질 만큼 불안해도 규칙적인 시간표를 따라야 했습니다. 모범생이 되려고 미친 듯이 공부해야 했습니다. 중학생 때부턴 기계처럼 하루에 열 시간 이상 공부만 했습니다. 그토록 버티기 힘들어했던 시끄러운 교실의 소음 속에서도 말입니다.

어떤 이들은 내가 학교에서만 적응하지 못하는 사람이 아니라, 모든 사회에서 적응하지 못할 사람이라고 할 것입니다. 하지만 같은 학교인데도, 영국에서 다녔던 초등학교 3년 동안에는 이런 문제로 내가 갈기갈기 찢어지지는 않았습니다.

한국의 학교는, 나를 힘들게 했습니다. 우울하게 만들었고, 죽고 싶게 만들었습니다. 내가 아닌 다른 누군가로 살아가게 했습니다. 노력 끝에 정말로 '정상'이 될 수 있었다면 당연히 계속 학교에 다녔겠죠. 하지만 여러 노력에도 불구하고, 정상이 될 수 없었습니다. 오히려 악랄한 괴롭힘의 표적이 되었습니다.

지금까지 학교가 나를 어떤 이유로 힘들게 했는지 얘기했는데, 이젠 얼마나 힘든지도 얘기해 보겠습니다.

중학교 2학년 여름방학 때쯤 한계에 다다랐습니다. 집에서도, 학교에서도, 학원에서도 죽고 싶었습니다. 길에서도 달리는 차에 당장이라도 뛰어들어 죽고 싶었습니다. 너무 힘들었습니다. 정말 이렇게 힘들기보단 죽는 게 낫다고 생각했습니다. 모든 것이 새카맣게 보였습니다. 교실에 있어도 친구들과 함께 있어도 혼자인 것 같았고, 몸이 붕 떠 있는 것 같았습니다.

모든 것이 괴로웠지만, 가장 괴롭게 하는 건 내가 왜 괴로운지 모른다는 사실이었습니다. 초등학교 1학년 때부터 꾸준히 쌓여 온 우울과 불안은 그 뿌리를 찾기에는 너무 멀어져 있었습니다. 나는 그저 이유 없이 죽어 간다고만 생각했습니다.

여러 가지 이상행동을 보였고, 상담과 병원 치료를 받았습니다. 하지만 중학교 3학년이 되자, 학교조차 다니기 힘든 상황이 되었습니다. 아침에 학교에 가려고 하니 눈물이 콸콸 나오더군요.

결국 그해는 출석 일수만 겨우 채워 졸업할 수 있었습니다.

그리고 고등학교 1학년 첫 한 달을 보낸 지금, 더 이상 버틸 수 없다고 판단했습니다.

망가졌습니다, 저는. 아주 철저하게.

이제 설명이 됐을까요? 죽고 싶었습니다. 하지만 동시에 아직 죽고 싶지 않습니다, 아직은. 어릴 적 다영이에게 당당해지기 전까지 저는 죽지 못합니다. 그러니 살기 위해, 학교를 그만둡니다.

학교를 그만두는 오늘, 당신에게 이 말은 하고 그만두고 싶었습니다. 한심한 자퇴생의 보잘것없는 변명 들어 줘서 참으로 고마워요.

# 나는 무사하지 않아 무사하다

김태희

　나는 학교를 다니지 않는다. 어느 봄여름날, 봄도 아니고 여름도 아닌 날, 나는 아팠다. 청춘의 열병 같은 것인지 친구들도 하나같이 아팠다. 모두가 아팠지만 학교를 나오지 않은 건 반장뿐이었다. 화요일처럼 뜨겁지도 않은, 오히려 불이 붙을까 겁이 나는 목요일에 청춘들은 아팠다. 불타는 금요일, 완벽한 컨디션으로 간 학교는 내가 지내는 지구가 살벌한 정글임을 다시금 깨닫게 했다.

　병결 처리를 하기 위해 교무실에 가서 진단서를 내고, 교실 속 내 자리로 돌아올 때 무수한 눈빛을 마주했다. 수많은 눈빛들 속에 담긴 감정은 죄다 매한가지였다. 그 점이 나를 슬프게 했다. 스쳐 간 것들이었으나 그랬기에 베였다. 아파도 쉬지 않아 거의 죽어 가는 친구들을 배려하였으나 눈빛들은 나를 베려 하였다. 선생님 또한 스쳐 지나갔다.

무사가 검을 가진 건 나빠서가 아니다. 무사이기 때문이다. 무사가 무사인 이유는 나빠서가 아니다. 나를 지키거나 너를 지키기 위해서다. 결국, 무사여야 살아남을 수 있다는 세상 때문이다.

무사는 검으로 사람을 지킬 수 있지만 동시에 사람을 해칠 수도 있다. 학교에선 알게 모르게 검술을 가르친다. 어느샌가 나도 무사가 되어 있었다. 나의 입과 나의 눈빛, 나의 생각이 검이 되어 있었다.

무사가 검을 드는 것은 나빠서가 아니다. 검술을 연마하다 친구를 다치게 한다고 해도 나빠서가 아니다. 결국, 무사여야 살아남기 쉬운 세상 속에서 손이 검에 익숙해지고 칼날에 무뎌지기 때문이다.

나는 다친 뒤로 무사로 살고 싶지 않았다. 사람이 아니라 무사라는 타이틀을 뒤집어쓴 친구들을 두고 떠나던 날, 다른 방법으로 내 사람들을 지키고 나를 지키며 그냥 사람으로 살겠다고 다짐했다. 두고 떠나야 하는 것들이 내 마음을 무겁게 했지만 발걸음만은 가벼웠다. 사회라는 정글에서 검술을 배운 무사 출신이 아니면 살아남기 힘들다며 말리던 사람들도 있었다. 그들도 한때 무사였지만 그때를 잊었다. 아름답게 기억해 버렸다. 기억은 세월이 지나면 퇴색하고 상처는 곪는다. 무사는 상대의 상처를 오래 기억하지 않는다.

나는 오래오래 기억하고 싶었다. 양날의 검을 쥔 채 누가 베이고 있는지 모를 대치를 지속하고 싶지 않았다. '3년만' 버티면 된다지만 누군가에겐 '3년이나'로 느껴지는 시간이다. 나는 누군가를 해칠지 모른다는 가능성 없이, 온전히 지킬 수 있는 방법이 있을 거라고 믿는다.

　나는 지금 무사가 아니다.

　나는 지금 학교를 다니지 않는다. 모두를 해치지 않고 지킬 수 있는 방법을 찾는 나는, 세상이라는 학교를 다닌다.

# 마침표를 찍어야 하는 순간

소현

　지금에서야 돌이켜 보면 부모님은 내가 무얼 하든 딱히 반대를 한 적이 없다. 어렸을 때는 필리핀으로 유학도 갔다 왔고, 원하는 중학교에 가고 싶다고 떼를 써서 그 중학교 근처로 이사를 갔고, 1차로 지망한 고등학교와 가까운 아파트로 또다시 이사를 갔고, 학교를 옮기고 싶다고 하니 전학을 보내 줬고, 학원이면 학원, 과외면 과외, 알바면 알바, 딱히 반대하지 않고 모든 일들을 자유롭게 할 수 있도록 허락해 주셨다.

　자퇴도 마찬가지였다. 엄마는 의지가 정말 확고하다면 자퇴를 할 수 있게 해 준다고 했고, 아빠도 전혀 개의치 않고 허락해 주셨다. 그 말을 듣자마자 당장 자퇴서를 내러 가고 싶었지만, 무언가가 마음 한편에 걸리는 것이 있었다. 힘들게 받은 자퇴 허락이지만, 막상 자퇴 절차를 밟자니 많이 떨렸던 것 같다. 나는 기말고사가 끝나면 자퇴하겠다고 말씀을 드리고 내 인생 마지막 기말고사를 치렀다. 결과는? 나쁘지 않았다. 나쁘지 않은 결과를 보니 그냥 계속 다녀야 하나 하는 생각도 잠시 들었지만, 더 이상 내신을 올릴 자신이 없었기 때문에 자퇴하기로 굳게 마음먹었다.

기말고사 결과가 나오고, 방학이 일주일도 채 남지 않아 한창 학교가 어수선할 때에, 해가 쨍쨍 내리쬐던 화요일에, 엄마는 담임 선생님께 전화를 걸어 나의 자퇴 소식을 알렸다. 떨렸다. 과연 선생님 반응은 어떨까? 반대할까, 놀랄까, 당황할까? 되게 걱정했지만 걱정과 다르게 전화는 5분도 되지 않아 끝이 났다. 선생님은 그럴 줄 알았다는 반응을 보였다고 한다. 내일 방과 후에 나와 함께 학교로 오라는 말만 남기고 전화를 끊었다고 한다. 떨떠름했다. 마치 선생님은 모든 걸 다 알고 있었다는 듯이 반응했다.

이제부터 난 진짜 학생이 아닌 건가? 정말 자퇴를 하는 걸까? 막상 자퇴라는 큰 산이 내 눈앞으로 다가오니 떨리기도 하고 한편으로는 저 산을 넘어야 한다는 생각에 기대가 되기도 했다. 인터넷을 찾아보니 어떤 사람은 담임 선생님부터 시작해서 교상 선생님까지 학교에 있는 모든 선생님과 자퇴 상담을 했다고 한다. 그 글을 읽고 살짝 긴장을 했다. 만약에 내가 상담을 하면 무엇을 말해야 하며, 수능 공부를 하겠다고 자퇴한다는 것을 알면 얼마나 비웃을지 차마 가늠이 되지 않았다.

내 걱정과 달리, 다음 날 학교에서 그 어떤 선생님도 나한테 말을 걸지 않았다. 내가 혼자 있을 때, 가장 좋아했던 국어 선생님이 와서 진짜 가는 거냐고 계속 물어보는 것 빼고는 다들 무덤덤하게 지나쳤다. 분명 학기 초에 다른 이과 반 학생이 자퇴를 할 때는 몇몇 선생님들과 상담하는 걸 보았는데 나는 왜 상담을 하지 않는 것인지 궁금하기도 했다.

그렇게 어색한 수요일 수업을 끝내고, 엄마와 함께 교무실에 들어가서 담임 선생님을 마주했다. 교무실에는 다른 선생님들도 많이 있었지만 아무도 관심을 보이지 않았다. 본인 업무를 하거나, 선생님들끼리 수다를 떨고 있었다. 조금 서운한 마음이 들었다. 담임 선생님과 엄마는 어색한 인사를 나누고 선생님은 나에게 자퇴서를 내밀었다. 자퇴 사유에는 아주 짧게 '부적응'을 써서 냈다. 자퇴 사유를 쓰는데 생뚱맞게 눈물이 났다. 전혀 슬플 이유가 없는데 왜 눈물이 그렁그렁 맺혔는지……. 억지로 눈물을 훔치고, 그밖에 몇 가지 서류에 서명을 한 뒤에, 짐을 챙겨 나가라는 말과 함께 자퇴 절차는 끝났다.

정말 이게 끝인 걸까? 담임 선생님을 쳐다보았다. 선생님은 마지막으로 내게 아쉽다는 말을 남기셨다. 방학이 이틀 남았으니 방학 때까지만 학교에 나오라는 말에, 조금 고민을 했지만, 친구들한테도 마지막 인사를 해야 할 것 같아서 알겠다고 하고 교무실을 빠져나와 교실로 갔다. 사물함을 열었다. 대충 쌓아 놓은 낡은 책들을 한꺼번에 다 집어 들었다. 꽤나 무거웠다. 책들을 이고 학교 뒤뜰로 갔다. 많은 책을 한꺼번에 들고 가는 나를 후배들이 이상한 눈으로 쳐다보았다. 뒤뜰에는 책을 버릴 수 있는 쓰레기통이 있었다. 어깨에 이고 있던 갖가지 책과 파일을 쏟아부었다. 후련했다. 말도 못 할 정도로 개운했다. 이름을 크게 써 놓은 책은 다른 종이로 이름을 덮었다. 그렇게 책을 다 버리고 집에 갔다. 학교에 나올 날이 고작 이틀뿐이라니, 또다시 눈물이 났다. 왜 자꾸 눈물이 나는지 그때의 나도 지금의 나도 잘 모른다. 알 수 없는, 오묘한 기분으로 눈물을 훔치며 집으로 갔다.

드디어 내가 학교에 발을 디디는 마지막 날인 금요일이 되자, 이틀 전 눈물 흘리던 내 모습은 온데간데없고 매우 신이 났다. 이제부터 지긋지긋한 학교를 가지 않는다는 생각을 하니 사실 기뻤다. 하지만 난 그 누구에게도 내가 자퇴한다는 소식을 알리지 않았다. 오늘 친구들한테 자퇴 소식을 알려야 하는데 친구들이 어떻게 반응할지, 나는 어떻게 먼저 말을 꺼내야 할지, 이런 저런 고민을 안고 학교로 갔다.

방학 전날이라서 그런지 학교 분위기가 상당히 어수선했다. 쉬는 시간에 친구들을 불러서 어렵사리 이야기를 꺼냈다. 이러저러해서 자퇴를 한다고 했더니, 친구들 반응은 반으로 갈렸다. 놀라는 반응과, 부럽다고 하는 반응. 친구들은 상당히 아쉬워했다. 그보다도 엄청나게 부러워했다. 자퇴하는 일이 이렇게 남의 부러움을 사는 일인지는 오늘 깨달았다. 다들 부모님이 허락만 하면 자퇴했을 거라며 자퇴를 허락받은 나를 부러운 눈길로 쳐다보았다. 겉으로는 나도 행복한 척, 자유로운 척을 했지만 속으로는 걱정만 쌓여 갔다. 후회하면 안 되는데, 후회하면 안 되는데…….

1학년 때 같은 반이었던 친구들한테도 말을 꺼냈는데, 한 친구는 너무나도 부러운 마음에 복도에서 "야! 진짜 개부럽다!"라며 엄청나게 큰 목소리로 소리쳤다. 언젠간 할 줄 알았다는 반응을 보이는 친구도 있었고, 잘 살라는 친구도 있었다. 대다수의 학교 친구들은 나를 욕하거나 비판하지 않고 긍정적인 반응을 보였다. 하지만 다른 학교 친구들은 달랐다. 중학교 때 친구에게 전화를 해서 자퇴 소식을 알렸더니, "너 인생 진짜 망했구나?" 하는 뜻밖의 반응을 보였다. 너무나도 당황스러웠던 나는 거짓말이라며 상황을 모면했다. 다른 중학교 친구도, "그건 좀 아닌 것 같아……."라며 조심스레 얘기했다. 예상과 다른 반응에 크게 실망을 해서 지금 다니는 학교 친구들 말고는 자퇴 소식을 알리지 말고 철저히 숨기자는 다짐을 했고, '책방 다녀왔습니다' 프로그램을 참여하는 지금도 학교 친구들과 다른 친구 두 명을 제외하고는 내 자퇴 소식을 아무도 모른다.

종례 시간이 다가오자 나는 빨리 학교를 탈출하고 싶은 마음이 들었다. 그런데 내가 분명히 담임 선생님께 반 애들한테는 자퇴 이야기를 하지 말아 달라고 신신당부했는데도, "소현아. 마지막으로 애들한테 할 말 없니?" 하고 말씀하셨다. 당황스러운 마음에 심장이 쿵쿵 뛰었다. 반 아이들은 "전학 가? 자퇴해? 유학 가?" 등등 나에게 엄청난 관심을 보였고 나는 약속을 지키지 않은 선생님이 너무 원망스러웠다. 대충 상황을 모면하고 친했던 친구들과 인사하고 교실 문을 나서는데, 반 아이들이 우르르 몰려오더니 잘 선택했다며 너의 선택을 응원한다고, 힘내라고 해 주었다. 친했던 아이들은 아니었지만 응원하는 말을 들으니 힘이 났다.

그렇게 어색하게 마지막 인사를 건네고 나는 힘차게 발걸음을 떼고 교문을 나섰다. 햇볕이 쨍쨍 내리쬐고 새들이 지저귀는 더운 오후, 7월 20일, 나는 더 이상 학생이 아닌 자퇴생으로서 발걸음을 내딛었다.

이제부터 내 세상이다!

# 마지막 등교

CHRISTA

오늘은 고등학교 1학년 종업식 날이다. 나는 마지막 등교를 한다.

학교에 왔더니 선물과 편지를 많이 받았다. 학교생활을 하는 내내 친구가 없다고 생각했는데 이렇게나 과분한 사랑을 받고 있었다니, 눈물이 날 것 같다. 어쩌면 그동안 주변을 돌아볼 여유가 없었던 걸지도 모르겠다. 처음으로 학교라는 공간이 따뜻하게 느껴진다.

중학교 졸업식 날은 혼자만 꽃다발이 없어 사진을 찍을 때마다 다른 아이들의 꽃다발을 빌렸는데, 오늘은 예쁜 꽃다발도 받았다. 친구들과 사진을 찍었다. 학교에서 나와 마지막 순간을 사진으로 남기고 싶다는 게 믿기지 않는다. 몇몇 아이들은 나를 찾아와 눈물을 흘리기도 한다. 보고 싶을 거라고 말해 준다.

하지만 나는 알고 있다, 결국 모두 나를 잊을 거라는 것을. 내

빈자리는 학교라는 사회에서 고작 한 명의 자리에 지나지 않고 아주 금방 치워질 것이다. 그래도 이 순간 나를 위해 주는 모습들이 기쁘게 다가온다. 정말 어쩌면 내가 조금 더 벽을 허물고 주변을 돌아볼 줄 알았다면, 내 아픔을 극복하고 학교라는 공간을 새롭게 바라보았다면 진심으로 어울려 웃을 수도 있지 않았을까 하는 생각마저 든다.

실감이 나질 않는다. 자퇴를 안 했다면 진학했을 2학년 학급에 소집되어 가는 중에도, 새 교실에 앉는 순간에도, 새로운 학급 아이들과 인사를 건네는 동안에도, 마지막을 기념해 짜장면을 먹는데도, 실감이 나질 않는다. 모두와 헤어져 마지막 하굣길을 걷고 있지만 실감이 나질 않는다. 학교에서 받았던 선물과 편지를 뜯어보는데도 실감이 나질 않는다.

거울을 보는데 나는 여전히 교복을 입었고 앞으로도 입을 것 같은 느낌이 든다. 교복을 벗고 침대에 눕자 엄청난 공허함이 밀려온다. 이유 없이 마음이 아프다. 웬일로 오늘은 학교에서 따뜻함이 느껴진다 했더니 내 방이 춥다. 고등학교 1학년, 스스로를 세뇌하듯 '난 행복해' 하고 말했다.

끔찍했던 시간은 끝났다고, 새로운 시작이라고 나 스스로를 세뇌했고, 현실로 만들고 싶어서 사람들과 어울리기도 했다. 그런 내가 낯설기도, 신기하기도 했고 그러면서 조금은 정이 든 걸지도 모르겠다. 어쨌든, 이제 끝이다.

분명 나는 후련해야만 하는데, 미련이나 후회가 남아선 안 되는데, 행복한 모습을 보여야 하는데, 숨기기 힘든 이 감정이 뭔지 잘 모르겠다. 멈추면 안 된다는 걸 알고 있지만, 당분간은 아무것도 하고 싶지 않다.

# 나는 여기 있다

강소현

그날 새벽, 병원에선 24시간 보호자 동반이라는 조건 아래 내게 입원을 허락했고, 엄마는 내게 자퇴라는 선택지를 물었다. 그리고 한 달 뒤쯤 나는 학교를 그만뒀다. 학교를 관둔 내게 주변 사람들은 어머니의 지병이나 커다란 장래 희망 같은 자퇴 사유를 물었지만, 글쎄 내가 학교를 떠난 이유는 간단했다.

나는 언제나 단체 생활이 끔찍하게도 어려운 사람이었다. 어린 시절 비정상적인 애정 관계와 부족한 사회생활로 사람들과 어울리는 것을 제대로 배우지 못했고, 그 결과 어색한 사람이 되었다. 게다가 내게는 오래전에 생긴 큰 흉터가 있는데 나는 그 흉터를 보이기 껄끄러워하면서도 숨기지 못하는 사람이었다. 사람들이 호기심 어린 눈으로 내 오래된 흉터를 뒤적일 때마다 나는 어떤 대답을 해야 할지 망설였다.

그런 변명투성이의 개인 사정으로 나는 학교를 도망쳐 나왔다. 사람들에게서, 사랑을 하고 웃고 즐거워하는 사람들에게서, 멀리멀리 도망쳐서 내 방에 문을 닫고 숨었다. 존재를 지우고 싶었다. 방문을 걸어 잠그며 차라리 밀려오는 절망이나 외로움 따위가 나를 모래성처럼 쓸어 가 내가 흔적도 없이 완전히 사라지기를 바라기도 했다. 그래도 거기에 내가 있었다. 쓸려 가지 않고 그 자리에 있었다. 사람을 피해 도망친 그 길 끝에는 흉터 투성이의 내가 있었다.

살아오는 내내 사람들은 제멋대로 나를 재단하고는 했다. 대안학교에 다닐 때 길거리에서 만난 할아버지는 나를 보고 양아치라고 했고 자퇴하고 엄마의 병원에서 만난 간호사들은 나를 동정하는 눈빛으로 바라보았다. 학교 선배들은 나를 싸가지 없는 후배라고 생각했고 할머니는 나를 머리 좋은 애라고 불렀다. 나는 17년 동안 나를 보아 왔어도 여전히 나를 잘 모르겠는데 다른 사람들은 나도 모르는 나를 알았다.

어려웠다. 잘 살려고 해서 그랬을까. 사는 게 자꾸 어려웠다. 내 이름은 그게 아닌데 자꾸만 나도 모르는 사이에 사람들이 내 이름을 바꿔 불렀다. 이름표나 시험지에 적히는 이름조차 내 이름이 아니었다. 그건 내가 태어나기도 전에 할아버지, 할머니가 지은 이름이었다. 내 동의 없이. 양아치, 불쌍한 애, 자퇴생, 정신병자, 손녀, 딸, 강소현, 열일곱 살, 여자애. 사람들은 나를 구성하는 한 가지 요소거나 나를 구성하는지조차 모르겠는 것들을 꼬리표처럼 붙이고는 자꾸만 내 이름처럼 불러 댔다.

　세상은 자퇴했을 때나 학교를 다닐 때나 꾸준히 나를 없는 사람 취급했다. 더 정확하게는 그러고 싶어 했다. 학생일 때는 대안학교, 정신병자라는 이유로 없는 사람 취급했고, 자퇴를 하니 자퇴생과 정신병자라는 이유가 남았다. 꾹꾹 밀어 넣고 눌러 담아서 나 같은 종류의 사람들을 다른 종류의 사람이라고 불러 치워 버리고 싶어 했다. 껄끄럽고, 부끄러워했다. 그건 그냥 나를 구성하는 수많은 요소 중 하나일 뿐인데……. 내가 열일곱 살 여자애이듯 자퇴생이고 병자일 뿐인데도 특별히 이상하고 특별히 다른 사람으로 취급했다. 사람은 다 다른데도 어떤 '다름'은 어떤 세상에게 '틀림'인가 보다. 그렇지만, 내가 어린 여자애이자 정신병자일지라도, 내가 열일곱의 자퇴생일지라도 그래도, 그럼에도 불구하고, 나는 지금 여기 있다. 세상이 나를 부끄러워하더라도, 나는 여기 있다.

# 2부

# 이제야
# 나에
# 대해서

나는 마치 새장 안에 갇혀 사는 새 같았다. 나는 날개도 있고, 날 능력도 있었
지만, 사람들 때문에 갇혀 살았다. 너무 답답했다. 나는 한 번도 날아 본 적은
없지만 알 수 있었다. 내가 날 수 있다는 것을.

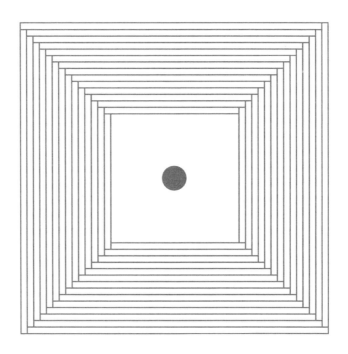

# 내가 가장 분노했던 기억

소현

중학교 때 나는 전혀 꾸미지 않고 다녔기 때문에 항상 반 친구들의 놀림감이었다. '도깨비 같다, 얼굴이 더럽다, 빻았다, 살 좀 빼라' 같은 폭언을 많이 들었다. 내 친구들 빼곤 모두 날 놀림감으로 삼았고 그것이 트라우마가 되어 고등학교 입학하고 나서는 화장 없인 밖으로 나가지 못했다.

하지만 나와 정반대로, 얼굴이 참 작고 예쁘고 키도 작아 귀여움을 받는 여자애가 있었다. 이 여자애가 특히 날 많이 놀렸고 남자애들을 꼬드겨서 같이 놀리기도 했다. 죽고 싶을 만큼 힘들었고 예쁨 받는 그 여자애가 부러웠다. 학교폭력으로 신고하고 싶어도 참았다. 내 편이 되어 주는 친구들이 있었기 때문이다.

하지만 가을에서 겨울로 넘어가는 즈음 사건이 하나 터졌다.

1교시 영어 시간, 그날따라 분위기는 험악했다. 애들이 쉬지 않고 떠들어 대자, 잔뜩 화가 난 영어 선생님은 조용히 하라고 소리쳤고 그때 한 여자애가 큰 소리로 외쳤다.

"김민희 병신."

김민희는 영어 선생님 이름이었다. 욕한 아이는 날 항상 놀리던 그 여자애. 결국 교실은 뒤집어졌고, 욕한 애 빨리 나오라고, 지금 안 나오면 선도에 보낼 거라고 선생님은 크게 외쳤다. 나는 범인이 누군지 알았지만 가만히 있었다. 일을 크게 만들고 싶지 않아서였다.

그때 그 여자애가 말했다.

"쌤, 그 말 소현이가 했어요. ㅋㅋㅋㅋ"

머릿속이 새하얘졌다. 아무 말도 나오지 않고 손이 덜덜 떨렸다. 나는 반 애들이 아니라고 말해 주길 바랐다. 하지만 뒤에서 들려오는 남자애들의 웃음소리.

"맞아, 쟤가 했잖아. ㅋㅋㅋㅋ"

"와, 쌤 이거 징계 각 아닙니까?"

"얼굴이 못생겼으면 성격이라도 좋든가. ㅋㅋㅋㅋ"

항상 듣던 비웃음이었지만 이번엔 기운이 달랐다. 너무 무서웠고 소름 끼쳤다. 죽고 싶었다. 진심으로 자퇴하고 싶었고 날 욕하는 모두에게 소리 지르고 싶었다.

하지만 아무 말도 하지 못했다. 그날 나는 교무실로 끌려가 호되게 혼이 났고 반성문까지 써 내야 했다. 나는 너무나도 억울했다. 떨리는 목소리로 내가 할 수 있는 말은 다 했던 것 같다.

"쌤, 저 그럴 애 아니에요. 제가 쌤한테 욕을 왜 해요. 저 영어 수업을 제일 좋아하는데……."

그러자 잊을 수 없는 선생님의 대답.

"다수가 너보고 범인이라잖아. 그럼 걔네들 말을 믿지 말라는 거야?"

이 사건을 겪은 뒤 선동이라는 것이 얼마나 무섭고 끔찍한 일인지 알게 되었다.

고통 속에 발버둥을 치며 학교를 겨우겨우 다녔지만 정작 날 범인으로 몰고 간 가해자들은 웃고 떠들면서 잘만 사는 모습에 많이 억울했다.

내가 상황을 바꿀 수 있다면 그 여자애가 나를 몰아갔을 때 같은 반 아이들이 나는 범인이 아니라고, 그 아이가 범인이라고 말해 주길 원했을 것이다.

하지만 아무도 내가 범인이 아니라고 용기 있게 말해 주지 않았다. 나조차도 내가 범인이 아니라고 당당하게 말하지 못했다. 뭐가 무섭다고 그랬을까. 다시 그때로 돌아간다면 당당하게 내가 아니라고 말하고, 날 선동했던 애들한테 그러지 말라고 소리 치고 싶다.

# 잘못된 일

유가은

중학교 때 나는 선생님들 사이에서 평판이 좋지 않았다. 어쩌면 '문제아'로 낙인찍혔을지도 모른다. 그때 나는 사춘기의 정점에 있었고, 학교 사람들의 눈살을 찌푸리게 했을지도 모른다. 그래서 작은 일에도 나만 더 불이익을 받거나, 무시당했던 것은 아닐까 하는 생각이 든다.

중학교 2학년 때 일이다. 수업 시간 중 공책을 꺼내기 위해 손을 넣은 책상 서랍에는 내가 보지 않고 넣어 놓았던 가정통신문 몇 장이 교과서에 눌려 구겨져 있었다. 습관적으로 책상 서랍 깊은 곳에서 구겨진 가정통신문을 꺼냈다. 수업이 끝나면 쉬는 시간에 버릴 생각으로 말이다. 책상 위가 혼잡한 게 싫어서, 구겨진 가정통신문의 부피를 줄이려고 종이를 다시 한 번 구겨 책상 위에 두었다. 이건 악의는커녕 수업을 방해하려고 고의로 한 행동이 절대 아니었다. 얼마 지나지 않아 호통치는 선생님의 목소리가 들려왔고, 그 목소리가 나를 향한 것임을 알기까지는 시간이 얼마 걸리지 않았다. 호통친 이유는 내가 수업 시간에 종이를 구겨서 선생님을 모욕했기 때문이라고 한다.

나는 정말로 이해할 수 없었다. 수업 시간에 방해가 될 만큼 종이를 소란스럽게 구겼던 것도, 반항하는 마음에 종이를 구겼던 것도 아니다. 그저 책상 위에서 종이가 차지하는 부피를 줄이기 위해서 했던 행동이었다. 하지만 내가 이해할 수 없을 정도로 선생님은 화를 계속 냈고, 그러다 심한 말도 여럿 했던 것으로 기억한다. 지금 생각해 보면 내가 '문제아'로 낙인찍혀 있었기 때문에 더 크게 혼난 게 아닐까 하는 생각이 든다.

오해가 있지는 않았을까? 이런 의문이 들 수도 있겠다. 내가 그 오해를 풀지 않으려고 했던 것은 아니다. 종이를 구긴 것은 선생님을 모욕하려고 한 것이 아니라, 그저 다음 쉬는 시간에 종이를 버리려고 그랬다고 확실히 말씀드렸다. 자세히 생각나지 않지만 꽤 오랫동안 내 의견을 똑똑히 말씀드렸던 것 같다. 선생님께 내 생각을 이야기하다가 들은 심한 말들은, 열다섯 살의 미숙한 내가 생각하기에도 선생님이란 위치의 어른이 학생한테 해서는 안 될 말들이었다.

이전까지 선생님과 충돌한 원인은 내가 보인 불량한 태도였을지는 몰라도, 내가 선생님들이 말하는 '말대답'을 했던 건, 아무리 내 잘못이 크다고 하더라도 선생님께 그런 말을 들을 일은 아니라고 판단했기 때문이다. 그 상황이 전부 내 잘못이라고 생각했다면 선생님과 그렇게 오랫동안 언쟁을 하진 않았을 것이다. 내가 어떤 말을 하든 선생님은 전혀 듣지 않았고, "네가 무슨 생각이었든 내가 무시당한 것 같으니 네 잘못이다"라고 한 말이 기억 난다.

그렇다면 내가 무시당했다고 느낀 방금 전의 발언들은 누구의 잘못인가? 이것이 내가 이해할 수 없는 두 번째 상황이었다. 나는 선생님이 내게 했던 심한 발언들을 포함해 잘못되었다고 느낀 점을 말했고, 그 결과로 다음 쉬는 시간에 학생부로 불려 갔다. 선생님의 통화 내용을 들어 보니 어떤 위원회를 통해 징계를 받게 하려고 했던 것 같다. 내가 징계를 받거나 선생님께 사과를 하는 것, 선택지는 두 개뿐이었다. 고작 수업 시간에 종이를 구기고, 선생님의 옳지 않은 행동을 지적한 결과에 대해 나는 납득할 수 없었다.

내가 처음으로 좋은 선생님이라고 느꼈던 담임 선생님은 물론이고, 모두가 내게 사과하라고 말했다. 선생님이 내게 했던 발언이 무엇이든, 징계를 안 받으려면 선생님께 사과해야 한다고, 선생님의 기분을 맞춰 주어야 한다며 모두가 입을 모아 말했다. 나는 나만 잘못한 게 아닌데도, 나보다 위에 있는 사람에게 불이익을 당하지 않기 위해 고개를 숙여야 했던 그 상황을 아직까지도 잊을 수 없다.

지금 그때와 같은 일이 생긴다고 해도 나는 분명 똑같이 행동할 것이다. 선생님이 내게 했던 심한 발언과 행동이 분명히 잘못되었다고 생각하기 때문에, 나는 많은 사람의 눈살이 찌푸려지는 일을 할 것이다. 내가 '문제아'라는 낙인 아래 겪었던 차별, 부당한 상황, 내가 들었던 심한 발언들에 대해 '내가' 잘못하지 않았다는 말을 하고 싶은 것이 아니다. 내가 하고 싶은 말은, '나만' 잘못하진 않았다는 것이다.

# 너는 아름다운 사람이야

김다영

나는 슬프고 화나는 기억일수록 더 오래, 더 자세하게 기억한다. 그러다 보니 내 인생이 우울함과 분노로 가득 차 있는 것 같다는 생각이 들기도 한다. 특히 중학교 시절은 더 그랬다. 형용할 수 없는 모멸감과 분노, 그리고 괴로움은 왠지 모르게 이 시절에 모두 집중되었다. 그중 가장 기억에 남는 이야기를 풀어 보고자 한다.

나는 중학교 2학년이었고, 스트레스가 심해서 그랬는지 다이어트와는 거리가 멀었다. 덕분에 또래 여자아이들보다 몸무게가 많이 나갔다. 사실 지금 생각해 보면 아주 심한 정도는 아니었는데, 사람들의 따가운 시선과 손가락질로 나날이 자존감이 낮아졌다. 나는 항상 나 자신을 '뚱뚱하고 못생긴 돼지' 정도로 생각했고, 더 나아가 '세상에 필요 없는 존재'로까지 밀어붙였다. 하루하루 자존감이라는 가느다란 외줄 위에서 나락으로 떨어지지 않으려고 애를 써야 했다.

어느 날 체육 시간이었다. 신체검사가 끝나고, 선생님이 우리 반 아이들의 몸무게를 기록한 서류를 교무실에 가져다 놓았던 것 같다. 그 안에는 내 몸무게가 적혀 있었다. 그런데 같은 반 남자아이가 교무실에 갔을 때 호기심에 그 서류를 몰래 훔쳐본 듯했다. 그 아이는 여자아이들의 몸무게를 훑던 중, 유독 커다란 나의 숫자를 보고 참 재미있는 이야깃거리가 될 거라고 생각한 모양이다. 그 아이는 곧장 남자아이들이 모인 곳으로 가서 쑥덕거리기 시작했다.

"야야, 내가 교무실 가서 봤는데 김다영 ○○킬로래!"

"아 진짜? 겁나 많이 나가네. 킥킥."

"그게 사람 몸무게야?"

나는 남자아이들이 무슨 이야기를 하는지 처음에는 알아차리지 못했다. 아니, 별로 알고 싶지 않았다. 그 아이들 표정에 어려 있던 묘한 경멸과 비웃음이 누구의 무엇을 향하는지 전혀 궁금하지 않았다. 하지만 내 무의식은 알았던 모양이다. 그게 누구의 무엇을 향하는지…….

그때 같은 반 여자아이들 몇 명이 나에게 다가왔다. 그리고 조용히 말을 건넸다. 나를 안아 주려는 친구도 있었다. 모두 걱정스러운 표정이었다.

"다영아 괜찮아?"

"어떡해……. 쟤네 진짜 너무해……."

"쟤가 막 네 몸무게 말하고 다녀!"

그냥 할 말을 잃었다. 아무런 감정도 들지 않았다. 적어도 처음에는 그랬다. 내가 무슨 말을 들었는지 다시 곱씹고 싶지 않았다. 그냥 이 순간이 마치 꿈속 한 장면처럼 그러려니 하고 흘러갔으면 좋겠다는 마음이었다.

하지만 야속하게도 현실은 그렇지 않았다. 내 몸무게가 생각났다. 선생님께 보여 드리기도 민망했던 그 몸무게. 그런데 이제 모두가 안다. 마침 반에 좋아하는 남자아이도 있다. 이젠 그 아이도 내 몸무게, 내가 그토록 숨기고 싶던 어마어마한 내 몸무게를 안다.

얼굴이 새빨개졌다. 그때 내 모습을 거울로 보지 못했으니 또 모를 일이지만, 몸속의 피가 동그란 양 뺨으로 솟구치는 것을 생생하게 느꼈다. 눈앞이 뿌옇게 변했다. 하얀 햇빛이 내 눈앞의 안개를 통과하며 퍼졌다. 그리고 어지러운 잔상을 남기며 나를 혼란스럽게 했다.

이제 모두가 안다.

툭, 눈물이 흘러나왔다. 당황해 눈을 깜빡이자 더 많은 눈물이 삐져나왔다. 울음을 주체하기엔 너무 늦었다는 걸 알았을 때는 그냥 다 포기하고 엉엉 울었다. 억울했다. 내가 왜 이런 취급을 받아야 하는지, 억울했다.

여기서 남자아이들의 조롱이 끝났다면, 내 감정은 슬픔에서 끝났을 것이다. 나 혼자 슬프고 말았을 것이다. 하지만 온 세상이 나를 괴롭히려고 존재했던 것 같다.

같은 반 떠벌이 남자아이가 소리 지르기 시작했다. 아주 큰 소리로, 운동장 저편에 있던 아이도 들릴 정도로.

"김다영! ○○킬로래! ○○킬로!"

그때 내 기분은 어떠한 말로도 제대로 표현할 수 없다. 그만큼 아주 크고, 복잡하고, 잊고 싶은 감정이었다. 그러니 '화가 났다'는 표현 정도로 깔끔하게 끝내겠다.

나는 평소에 화를 잘 내지 않는다. 화를 내 본 순간이 손에 꼽힐 정도다. 화가 정말 나지 않았던 것일까, 아니면 화가 나도 참았던 것일까. 이건 내가 아직 17년밖에 살아 보지 않아서 잘 모르겠다. 하지만 그때는 알았다. 이건 화를 내도 되는, 아니, 화를 내야 하는 상황이란 걸.

먼저 맨 처음 내 몸무게를 훔쳐보고 얘기하고 다녔던 남자아이에게 다가갔다. 그 아이는 무슨 생각이었을까. 장난기 가득한 웃음을 띠며 말했다.

"헤헤, 죄송합니다. 죽을죄를 지었습니다. 헤헤."

누가 봐도 사과가 아닌 빈정거림, 아니면 또 다른 장난이었다. 그걸 알았기에 더 크게 화가 났다. 하지만 그 커다란 분노를 어떻게 표현해야 하는지 부모님도, 선생님도, 교과서도 알려 주지 않았다. 결국 나는 아주 큰소리로, 이 정도밖에 말하지 못했다.

"너는 장난의 정도라는 걸 모르니?"

비슷한 말이 뒤를 이었다. 넌 이게 얼마나 나쁜 일인지 아냐, 어떻게 사람의 탈을 쓰고 이런 짓을 할 수 있냐, 넌 정말로 사과해야 한다.

화를 낸 것이라 할 수도 있지만, 이건 감정을 표현했다기보다 선생님들이 하는 훈계에 더 가까웠던 것 같다. 결국 내 감정에 대해서는 한마디도 하지 못하고, 내가 그 아이를 혼내는 우스꽝스러운 장면만 연출됐다. 그래서 더 분을 삭이지 못하고 울었다.

여기서 끝이 아니었다. 이젠 '충격적인' 내 몸무게가 우리 반 몇몇 남자아이들만의 이야깃거리가 아니었다. 내 몸무게를 큰 소리로 외치고 다녔던 아이가 (편의상 떠벌이라고 하겠다) 쉬는 시간이 되자 친구들을 찾아가 무슨 일이 있었는지 참 친절하고 자세하게 알려 준 것이다. 누구의, 어떤, 무엇인지까지.

그리고 떠벌이는 그 친구들을 내 앞으로 데리고 왔다. 마치 자기가 동물원에서 봤던 원숭이를 친구에게도 보여 주고 싶었다는 듯이. 떠벌이가 나를 가리키며 웃었다.

"야, 쟤야 쟤! 그 ○○킬로!"

떠벌이는 '노는 아이들' 무리에 속한 아이였고, 그 아이가 데

려온 친구도 비슷한 느낌이었다. 물론 나는 그런 무리들이 정말 유치하기 짝이 없다고 생각했지만, 그렇게 떼거리로 몰려오면 누구나 움츠러들기 마련이다. 나는 그냥 입을 다물었다. 조금 있으면 자기 반으로 가 버리고 이런 일이 있었다는 것도 잊어버리겠지, 조금만 참자.

그때 몇 걸음 떨어진 채 나를 구경하던 한 아이가 나에게 가까이 왔다. 내가 말도 꺼내기 전에 그 아이는 떠벌이와 함께 나를 이렇게 불렀다.

"안녕, ○○킬로!"

내가 쳐다보자, 그 아이는 또 말했다.

"쳐다보면 어쩔 건데, ○○킬로."

그 아이는 나를 '김다영'이라는 '인격체' 이전에 '○○킬로'라는 몸무게로 인식했다. 그 이상도, 그 이하도 아니었다. 적어도 그 아이에게는, 그리고 나의 주변 사회에게는, 뚱뚱한 여자의 두꺼운 지방 덩어리 뒤의 인격은 중요하지 않았다.

피식, 웃음이 나왔다. 그냥 다 웃겼다. 모든 것이 다 코미디 같았다. 나는 깔깔 웃기 시작했다. 눈물도 새어 나왔다. 도대체 웃긴 건지 슬픈 건지 알 길이 없었다. 내가 마치 미쳐 가는 것 같았다. 세상과 내 마음이 손을 잡고 나를 미치게 했다.

그 일이 있고 나서도 수업은 계속되었고, 그 아이들은 교무실에 불려 갔다. 나는 선생님에게 '위로'를 받았다. 그리고 상황은 끝났다. 아무 일도 없었다는 듯이 마무리되었다. 나를 손가락질 했던 아이들은 웃으며 집으로 갔다. 나는 아직 피가 멎지 않은 마음속 상처를 지니고 집으로 갔다.

그때의 나에게, 나는 편지를 쓰고 싶다.

다영아, 열네 살의 다영아.

지금의 나는 너를 위해 아무것도 해 주지 못해. 하지만 다영 아, 제발 울지 말아 줘. 그런 아이들 때문에 고통스러워하지 말 아 줘. 그런 아이들이 나중에 준 다른 상처들 때문에 학교도 못 가잖아. 제발 그러지 마. 그 아이들의 하찮은 놀림 따위가 너를 병들게 내버려 두지 마.

다영아, 지금 너는 네 자신이 싫을 거야. 아주 혐오스럽고, 원 망스러울 거야. 너의 외모와 성격, 모든 것을 쥐어뜯어 버리고 싶을 거야. 하지만 다영아, 그럴 필요 없어. 너와 지금의 나, 모 두 아주 아름다운 사람이거든. 세상 모든 다른 사람들처럼 말이 야. 넌 그때도 알았잖아. 진짜 나쁜 사람은 없다고. 근데 왜 너만 아니라고 생각해?

네가 어떻게 생겼든, 네가 얼마나 살이 쪘든, 넌 아름다워. 네 가 화를 못 내서 낑낑거리든, 우스꽝스러운 짓을 하든, 넌 아름 다워. 네가 공부를 잘하든 못하든, 네가 꾸지람을 듣든, 너는 아 름다운 사람이야.

지금 너는 이 말이 이해되지 않을 거야. 하지만 걱정 마, 몇 년 뒤에는 조금이라도 알 거야.

그러니까 다영아, 제발, 제발 울지 마.

그리고 기억해, 김다영은 아름다운 사람이야.

# 잊을 수 없는 사람

김민서

학교에서 큰마음 먹고 담임에게 내 포부를 밝혔던 상담 시간. 나는 그때 참 힘들었다. 가정폭력을 인지해 심리적 불안감과 학업 스트레스로 꽉 차 있던 시절, 나는 학교를 5일에 한 번꼴로 나가지 않았다. 하지만 성적과 공부로는 꽤 큰 자부심이 있었고, 인정을 받고 있던 터라 아주 큰 목표를 세웠다.

담임이 나에게 물었다. 도대체 왜 그러는 것이냐고. 나는 나의 상처와 아픔을 그대로 밝혔다. 나의 약점과 치부를 한 번에 내보였다. 그러자 담임은 너보다 힘든 학생들 많다고, 네가 그러면 안 된다는 식으로 나를 쏘아붙였다. 가정폭력이 심해서, 너무 가난해서 학교를 나오지 못하는 아이들 사정을 나열하며 내 아픔은 아무것도 아니라는 식으로 말을 뱉었다. 그 말에 "저도 아빠한테 맞아서 이렇게 된 건데요" 하니 담임은 말을 더 잇지 못했다. 그냥 너무 웃겼다.

나는 의대를 가겠다고, 지금보다 노력해서 성공하겠다는 포부를 밝혔다. 그런데 담임은 대체 자기한테 왜 이러는 거냐며 나에게 비아냥거리며 화를 냈다.

그 뒤로 나는 생각이 없어졌다. 학교에 대한 신용, 학교를 다녀야겠다는 생각, 그냥 모두 없어졌다.

남에게 인정받기보다는 그냥 내 맘대로 살기로 했다.

# 11반 개

임고은

고등학교에 입학해 새로운 교복을 입으면서 중학교 교복이 정말 예뻤구나 생각했다. 자색 조끼에 남색 체크무늬 치마, 그리고 회색 재킷. 새로운 학교, 새로운 친구들, 새로운 교실에 들뜬 마음도 교복을 보면 한숨이 절로 나오곤 했다. 교복이 얼마나 대단했냐면, 처음 만난 반 친구들과 교복 욕을 하면서 친목을 다질 정도였다.

입학식 날 강당에서 교장 선생님의 연설을 들으며 생각했다. 고등학교 3년 조용히 다니다가 수능 보고 졸업해서 대학 가겠지. 그러나 그 생각은 일주일도 안 돼서 깨져 버렸다.

어느 날 등교를 하는데, 뒤에서 누군가 수군거리는 말이 들려왔다.

"야, 쟤 11반 개 아니야?"

입학한 지 한 달도 안 된 3월 말, 나는 '11반 개'가 되어 있었다.

등교 시간, 수업 시간, 쉬는 시간, 점심시간, 하교 시간. 학교의 일과 중 그 어떤 시간에도 나는 불안했다. 언제 또 숨이 막혀 올지 몰라서, 언제 또 몸이 떨릴지 몰라서. 나중에 찾아간 병원에서 공황장애 진단을 받았다. 많으면 하루에 두 번, 적으면 이틀에 한 번. 나는 공황으로 인해 수업을 중단시켰고, 친구들과 선생님들을 곤란하게 만들곤 했다. 내 생각과 상관없지만 내가 벌인 일이었다.

결국 나는 휴학을 신청했다. 고등학교에 입학한 지 3개월 만인 6월의 초여름이었다. 마지막으로 학교에 가는 날, 서랍과 사물함에 있는 모든 짐과 반 친구들이 써 준 편지 몇십 장을 가방에 넣었다. 가방을 메니 어깨가 꽤 무거웠다. 친구들이 교문 앞까지 나와 배웅해 주었다. 내가 몸이 안 좋을 때마다 옆에 있어주던 친구가 울었고, 나랑 가장 친했던 친구도 울었다. 나도 안 우는데 친구들이 울었다. 그래서 나도 울었다.

반 친구들은 누가 봐도 착하고 재미있었다. 초등학교 때부터 고등학교 1학년 때까지 가장 좋았던 친구들을 고르자면 무조건 고등학교 1학년 때 같은 반이었던 친구들일 만큼. 그래서 그런지 종종 친구들의 SNS에 반 친구들끼리 찍은 사진이 올라오는 걸 보는 게 정말 힘들었다. 나도 저 안에서 같이 수다 떨고 싶었다. 나도 저 안에서 같이 수업을 듣고 싶었다. 나도 저 안에서 같이 급식도 먹고, 매점도 가고 싶었다. 나도 친구들과 함께 등하교를 하고 싶었다. 지극히 평범한 소원이었다.

그러나 다음 해 1월, 복학과 자퇴 두 개의 선택지에서 나는 결국 자퇴를 선택했다. 사실 그때는 학교를 자퇴하는 게 너무 불안했다. 자퇴 같은 건 양아치 같은 애들이나 하는 거라는 말도, 넌 무슨 문제가 있길래 자퇴를 하냐는 말도 숱하게 들었다. (다행히 지금은 그런 말을 한 사람들과 연 끊은 지 오래다.) 그런 말을 들어서 그런지 자퇴하면 대학을 못 가지 않을까, 자퇴하면 직장을 못 다니게 되지 않을까 하는 생각들에 불안한 마음이 컸지만, 그 마음보다 무서운 건 다시 학교에서 '11반 개'와 비슷한 말을 듣는 것이었다. 그때 나는 휴학할 때보다 나아진 것이 없었으니까.

하지만 지금 생각해 보면 학교에 다니는 것보다 검정고시를 보는 게 더 좋은 방법인 것 같기도 하다. 검정고시를 봐서 수시를 쓸 수도 있고, 수능을 봐서 정시로 대학을 갈 수도 있다. 대학을 가지 않고 취업을 생각하고 있다면 고용노동부 '취업성공패키지'에서 취업 지원도 해 준다. 또 '학교밖청소년지원센터'에 가면 자퇴생 친구들도 있다.

하지만 새로운 자퇴생 친구들을 많이 만났는데도 학교에 대한 아쉬움 때문인지, 나는 여전히 고등학교 1학년 때의 친구들이 너무 좋았다. 좋아서 힘들었다. 그걸 느낀 건 자퇴하고 몇 달이 지난 초여름이었다.

그날은 학교밖청소년지원센터에서 댄스 팀 연습이 있던 날이었다. 연습이 끝나고 집에 가는 버스를 탔는데 마침 내가 다녔던 고등학교가 끝나는 시간이었다. 센터에서 집에 가는 버스는 내가 다녔던 고등학교를 지나는데, 그날 내가 앉은 자리가 학교가 보이는 쪽 창가 자리였다.

아무 생각 없이 밖을 보았다. 학교에서 쏟아져 나오는 사람들을 보는데 익숙한 얼굴들이 보였다. 같은 반이었던 친구들이 웃으면서 수다를 떨고 있었다. 반가운 마음에 인사를 하고 싶었는데 버스 안에 있으니 그러지 못해 아쉬웠다. 그런데 갑자기 아이들 중 한 명이 버스 안에 있는 나를 발견했다. 뭐라고 소리를 지르는 것 같은데 말은 알아듣지 못했다. 그래도 나를 보고 반갑게 웃으면서 손을 방방 흔드는 친구들은 내가 알던 모습 그대로였다.

복잡한 사거리라서 그런지 신호는 꽤 길었지만 오랜만에 본 친구들과 몸짓으로 인사를 나누기에 30초가 채 안 되는 시간은 너무 짧았다. 버스가 출발하고, 곧 나는 집에 도착했다. 집에 오자마자 휴학할 때 친구들이 써 줬던 편지를 꺼내 보았다. 편지만 읽어도 서른 명의 친구들이 내 옆에서 수다를 떨며 노는 것처럼 느껴졌다.

받은 지 벌써 2년 반이 넘은 편지를 다시 꺼내 보았다. 영어를 가르치던 담임 선생님이 반복 학습이 중요하다며 부르시던 '반

복숭'이 떠올랐고, 깔깔 웃으면서 노래를 따라 하는 친구들 모습이 보였다. 체육 시간에 플라잉 디스크를 날리며 열심히 뛰어다녔던 것도, 전교생이 싫어하던 선생님의 수업 시간이 끝나고 선생님이 교실을 나가자마자 한마음 한뜻으로 욕을 하던 것도 생생하게 기억난다.

같은 반 친구들이 내가 학교를 그만둔다는 것을 알게 된 건 내가 등교할 날이 이틀밖에 남지 않았던 때였다. 마지막으로 학교에 가기 전 날, 친구들에게 줄 간식을 포장하고 쪽지 서른 장을 썼다. 이른 아침부터 밤늦게까지 공부하느라 힘든 친구들한테 줄 선물이니 사탕, 초콜릿, 과자 같은 간식이 좋을 것 같았다.

예쁘게 포장을 하고 나니 새벽 2시쯤이었다. 다음 날 새벽 6시에 일어나 평소보다 훨씬 일찍 학교에 갔다. 친구들이 등교하기 전에 각자의 자리에 쪽지를 놓아두려 했는데, 반 친구들의 자리를 다 외우지 못해서 시간이 꽤 오래 걸렸다. 간식도 이름에 맞춰 하나씩 놓고 나니 친구들이 반에 들어오기 시작했다. 친구들이 고맙다고 내게 말했다. 내가 친구들한테 고마워서 한 일인데, 도리어 고맙다는 인사를 들었다.

학교에 다닐 때는 성적과 생활기록부에 내 모든 것을 건 것처럼 살았다. 교내 활동이 있으면 뭐든지 하려고 하고, 다른 친구들보다 뒤처지는 성적을 어떻게든 끌어올리려고 애썼다. 지금 생각하면 적당히 할 걸, 내가 왜 그랬지 싶다. 자퇴한 걸 후회하지는 않지만, 아니, 자퇴한 것이 학교에 다니는 것보다 더 낫다고 생각은 하지만, 대부분의 사람이 그렇듯 내가 가지지 못한 것에 대한 미련이 남는 것도 같다. 다시 오지 못할 고등학교에 대한 미련.

# 이제야 나에 대해서

임고은

학교를 그만두고 나서부터 지금까지 가장 많은 시간을 보낸 곳은 집과 학교밖청소년지원센터다. 2016년 9월, 센터에 처음 간 날을 아직도 기억한다. 나는 열일곱 살이었고 그곳에 있는 사람들은 대부분 열아홉 살에서 이십 대 초반이라 먼저 말 걸기가 무서웠다. 하지만 아무것도 안 하는 것보다 뭐라도 하는 게 낫지 않을까 싶어 댄스 팀에 신청서를 넣었다. 처음 연습을 하러 간 날, 다행히도 먼저 말을 걸어 주는 언니들 덕분에 나는 금세 센터에 적응할 수 있었다.

센터에서는 다 같이 여행도 다녔다. 처음 간 곳이 광주였는데, 일정이 너무 바빠 하루 종일 쉴 새 없이 돌아다녀서 숙소에 들어오자마자 잠이 든 게 아직도 기억난다. 그때가 10월 말이었는데 밤에는 정말 추웠다. 하지만 놀러 왔다는 즐거움 때문인지 아니면 원래 성격인지 알 수 없지만, 그 추운 날에 점퍼나 패딩 같은 겉옷을 죄다 나한테 던져 놓고 노는 몇몇 사람들 덕분에 얼어 죽지는 않았다. 다행이었다.

2016년에는 내가 가장 어렸는데, 2017년이 되니 센터에 동갑인 친구들이 정말 많이 생겼다. 그때는 특별히 친한 친구도, 특별히 친하지 않은 친구도 없었는데, 당시에는 '친한 친구가 없으면 왕따'라는 생각 때문에 그런 관계가 불안했다.

2018년에는 친구나 언니, 오빠들보다 동생들이 더 많아졌다. 사실 2018년에는 센터를 잘 안 나갔는데, 3월 즈음에 선생님들이 다 바뀌면서 어색하기도 했고 센터에 나가는 게 나한테 도움이 되지 않는다고 생각했다. 하지만 주마다 화요일은 꼭 갔고, 지금도 여전히 화요일은 센터에 가는 날이다. 댄스 팀 연습하는 날이기 때문이다. 춤추는 것을 좋아하면 누구나 댄스 팀에 들어갈 수 있다. 많은 친구들이 댄스 팀에 들어왔다 나가는 동안 나는 꾸준히 춤을 배웠다. 벌써 2년이 넘었다.

학교에서는 하지 못했을 경험을 하는 게 재미있었다. 국어, 수학, 영어 같은 교과목 대신 공예, 스포츠 등 진로·직업 체험과 수학여행 같은 단체 활동, 다 같이 시켜 먹는 밥까지. 내가 자퇴하기 전까지는 학교 밖 청소년을 마냥 무섭게만 생각했다. 그런데 직접 경험해 본 학교 밖 세상은 너무나도 평범했다. 오히려 학교 안이 더 폭력적이었고, 강제적이었다. 학교에서는 교사의 폭력도 있지만 친구 사이의 폭력도 많이 벌어진다. 학교에서는 보고 싶지 않은 친구를 안 볼 수가 없지만, 센터에서는 보고 싶지 않은 사람은 안 볼 수 있다. 자퇴를 하던 고등학교 1학년 때에는 좋은 친구들을 만났지만, 중학교 2학년 때까지만 해도 나는 거의 항상 혼자였다.

그러니까, 나는 학교폭력의 피해자였다.

초등학교 4학년 때 나는 혼자였다. 학교 수업을 열심히 듣지는 않았다. 그렇다고 해서 수업 시간에 소란스럽게 하는 것도 아니었고 아예 수업을 안 듣고 딴짓을 하는 것도 아니었다. 그저 조용히 수업을 듣다가 가끔 창문 밖에 하늘을 지나가는 비행기도 보고 가끔은 선생님 몰래 교과서에 낙서도 하는 지극히 평범한 초등학생이었다.

그러나 반 학생들 중 누구도 날마다 책상에만 앉아 있는 조용한 친구를 필요로 하지 않았다. 친한 친구가 없으니 딱히 이야기할 상대가 없었다. 그래서 학교에 가면 내 대답이 필요하지 않을 때는 입을 열지 않았다. 사람이 많은 곳에서 아무도 듣지 않는 혼잣말을 하고 싶은 생각은 없었으니까. 어느 순간부터 나는 '조용한 애' 또는 '소심한 애'였다. 내 뜻과 상관없이 붙은 수식어였다.

그때는 어떤 게 예쁜 옷인지 잘 몰랐다. 그저 엄마가 입혀 주는 대로 입고 다녔다. 어느 날은 교과서를 안 가져가서 교실 맨 뒤에 서 있어야 했는데, 수업을 듣지 않고 딴짓을 하던 맨 뒷자리의 같은 반 학생이 갑자기 내게 물었다.

"왜 옷을 그런 걸 입어?"

순간 무슨 대답을 해야 하나 고민했다. '옷이 이상한가? 아닌데……. 흰 티셔츠에 진청색 바지일 뿐인데…….' 고민하는 도중에 내게 질문한 학생은 나를 위아래로 훑어보며 말했다.

"걸레 같은 걸 입었네."

순간 얼굴이 화끈 달아올랐다. 화가 나서 그랬는지, 쪽팔려서 그랬는지 잘 기억나지 않지만, 당황스러웠던 감정은 아직도 생생하다. 부러 못 들은 척을 하며 "응?" 하고 되물었다. 대답은 돌아오지 않았다. 그 애는 인상을 쓰며 고개를 돌렸다.

그때는 세상에서 혼자가 된 것만 같았다. 몇 달을 참다가 겨우 엄마한테 말했지만 달라지는 건 없었고 그렇게 별다른 변화 없이 3년이 흘러 중학교에 입학할 때가 되었다. 새로운 학교에 가면 뭔가 달라지겠지, 이것보다 더할 수는 없으니 조금이라도 나아지겠지, 그렇게 생각하며 중학교에 입학할 날만을 기다렸다. 친구들과 교복을 입고 분식집도 가고 같이 학원도 다니고 놀이공원에도 가고 싶었다. 입학 날이 다가오면 다가올수록 교복을 보며 기도했다.

'새로운 학교에서 좋은 친구들 만나게 해 주세요.'

그러나 내가 만나게 된 것은 나를 싫어하는 친구들이었다. 새로운 학교와 새로운 친구들에 대한 기대감으로 입학한 중학교의 새 교실에는 나와 다른 초등학교에 다녔던 사람들이 대부분이었다. 중학교 1학년, 나는 또다시 혼자였다. 조금 다른 점이 있다면 노골적으로 나를 괴롭히는 사람이 많아졌다는 것이다.

나를 괴롭히는 방법은 여러 가지였다. 누군가는 내 사물함에 분필을 터뜨려 놓았고, 누군가는 자리를 바꾸고 나서 내가 앉았던 의자가 더럽다며 쉬는 시간 내내 의자를 벅벅 닦았다. 또 다른 누군가는 1학년 학생들 대부분이 나와 있는 운동장에서 나를 대놓고 조롱했다. 나를 괴롭히는 이유는 놀랍게도 반에서 영향력 있는 학생한테 내 휴대용 선풍기를 빌려주지 않아서였다. 처음부터 그 선풍기는 내 물건이었고 나는 그것을 빌려주어야 할 의무가 전혀 없었지만, 그때는 내가 잘못한 것이라고 생각했다. 내가 선풍기를 빌려주지 않아서 쟤가 화가 났고, 그래서 내가 괴롭힘을 당하는 건가? 그럼 결국 내 불친절은 내가 괴롭힘을 당하는 이유구나. 내가 친절하지 않았기 때문이구나. 내가 착한 애였으면 이런 일을 당하는 일은 없었겠구나.

지금 생각하면 너무나도 터무니없는 발상이지만 그때는 정말로 그렇게 생각했다. 시간이 지나 내가 당한 일들을 떠올려도 무덤덤하게 지나갈 수 있을 만큼 괜찮아졌을 때, 문득 그런 생각이 들었다. 내가 착한 사람이고 싶었던 것은 학교를 다니면서 겪었던 일들 때문에 강제로 생겨 버린 게 아닐까 하는 생각. 오래된 일이라 익숙해질 법도 하지만, 그럼에도 다시는 겪고 싶지 않아서 그 불안함 때문에 스스로를 착한 사람이 되라고 몰아세운 게 아닐까 하는 생각.

학교에 다닐 때는 내 생각과 기준이 없었다. 그냥 나를 싫어하지 않는 사람이 생기면 그 사람을 친한 친구라고 생각했다. 친구가 있다는 게 너무 좋아서 누군가 나에게 무언가를 같이 하자고 하면 내가 좋아하든 싫어하든 일단 하고 봤고, 내가 하고 싶었던 것도 친구가 하지 말자고 하면 안 했다. 내 의견이 묻히는 게 친구들 사이에서도 자연스러웠고 나는 말을 하기보다는 들어주는 편에 속했다. 내가 학교를 다니면서 어떤 일을 겪었는지 모르는 사람들이 나를 보고 하는 말들은 대부분 '쟤는 진짜 착해' '저렇게 착하기만 한 애는 처음 봤어' 같은 이야기였다. 착하면 사람들이 칭찬을 해 주고, 사람들한테 좋은 평가를 받으면 관계 속에서 더 이상 힘들지 않을 줄 알았다.

그러다 어느 순간 그런 생각이 들었다. 나는 '다른 사람한테 착하게 보여지는' 내가 되고 싶어 했다는 걸. 착하게 보여진다는 것은 결국 나 자신을 위해서가 아닌, 다른 사람이 나를 좋게 평가하는 것을 위해 산다는 뜻이었다.

이제야 그것을 깨달은 나는 나에 대해서 이렇게 결론 내린다. 나는 다른 사람들을 돕는 것과 배려하는 것을 좋아하지만, 나 자신을 잃어 가면서까지 착할 필요는 없다고.

# 그놈의 시험, 그놈의 대학

박예은

중학교 때부터 시험에 대한 스트레스가 심했다. 시험 그 자체가 압박이었다. 시험공부가 정말 싫었지만 어쩔 수 없었기에 울면서 억지로 했다. 시험을 보기 전에는 엄청 떨었다. 심장이 굉장히 빠르게 뛰고, 손에 땀이 나고, 숨이 찼다. 시험을 볼 때는 친구들이 경쟁자로 다가오기도 했다. 평소에는 정말 친하고 좋아하는 친구였지만 시험을 보고 결과를 얘기하면 질투가 나고, 나보다 잘 볼까 봐 불안했다. 중학교에서도 힘들었는데 고등학교는 어떨지 생각만 해도 끔찍했다. 고등학교에서 3년을 버틸 자신이 없었다.

역시는 역시였다. 고등학교에서도 공부 스트레스가 엄청났다. 중학교 때는 공부를 못하는 편도 아니었고, 공부하는 만큼 성적이 나왔다. 하지만 고등학교에서 본 첫 시험은 충격이었다. 첫 중간고사인 만큼 수업을 열심히 들었고, 열심히 필기했다. 독

서실을 다니며 자습서와 문제집을 여러 권 풀었다. 내 나름대로 최선을 다해 꾸준히 공부했다. 그리고 본 시험에서 가장 자신 있던 과목의 점수가 형편없었다. 가장 자신 있던 만큼 공부도 열심히 했다. 시험 문제도 꼼꼼하게 풀었다. 하지만 결과는 처참했다. 공부를 열심히 했는데도 성적이 나오지 않아 미칠 지경이었다. 친구들과 경쟁해야 하는 상황도 늘어났다. 되풀이되는 시험과 경쟁 속에서 나는 무너지고 있었다.

모든 학교가 그렇지는 않겠지만 내가 다닌 학교에서는 성적 차별이 있었다. 성적 차별에는 두 가지 유형이 있다. 첫 번째는 성적이 좋은 애들에게 생기부(생활기록부)를 몰아주는 것이다. 성적 좋고, 생기부 빵빵하면 흔히 우리가 말하는 SKY에 들어갈 확률이 높아지니 학교에서 짜고 친다. 두 번째는 성적이 안 좋은 애들을 차별하는 것이다.

첫 번째 상황의 한 가지 예로 '학년 장' 사건이 있다. 고등학교에는 학년 장이라는 자리가 있다. 전교 회장, 부회장과는 또 다른 자리였다. 학년마다 한 명씩 뽑아 그 학년을 관리하는 자리였다. 학년 장에 대한 설명을 듣고 해 보고 싶은 마음에 지원했다. 열심히 자기소개서와 지원서를 쓰고 면접도 봤다. 담임 선생님이 학년 장 담당이어서 결과 발표가 나기 며칠 전 선생님께 결과를 여쭤봤다. 선생님은 학년 장이 전교 1등으로 내정되어 있다고 말해 주었다. 이 말을 듣고 엄청 화가 났다. 내정을 했으면서 면접은 왜 본 건지 이해가 안 갔다. 면접 전 떨리던 마음, 결과를 기다리던 마음을 다 무시당한 것만 같았다. 모두에게 평등하게 주어진 기회인 것처럼 말했으면서 사실은 그렇지 않았다는 것에 좌절했다. 이때 시험과 점수의 중요성을 뼈저리게 깨달았다.

또 다른 예로는 '성 평등 글쓰기 대회'가 있다. 고등학교에 들어오고 나서 처음 열린 대회가 성 평등 글쓰기 대회였다. 선생님들도 참여를 추천했고, 첫 대회다 보니 1학년들도 의지를 가지고 대부분 참여했다. 우리 반만 보더라도 한두 명 빼고는 다 참여를 했다. 일주일 뒤 결과가 발표되었다. 우리 반에서는 단 한 명만 상을 받았다. 1학년 전체에서도 열 명이 안 되었다. 반면 2, 3학년들은 서른 명 가까이 상을 받았다. 대상, 은상, 장려상 모두 2학년과 3학년이었다. 알고 보니 2학년과 3학년에게 상을 더 많이 주려고 1학년의 참여를 격려한 것이었다. 전체 참가 인원 가운데 몇 퍼센트에게 상을 줄 수 있다는 규칙을 이용하여 참가 인원을 늘리고 2, 3학년에게 상을 몰아주었다. 그 모습을 보고 씁쓸하기도 하고, 어이가 없기도 했다. 비리 아닌 비리를 보고 나니 학교에 정이 뚝뚝 떨어졌다.

두 번째 상황의 예는 성적 공개다. 담임 선생님은 반 1, 2, 3등과 그 학생들의 점수를 공개했다. 그뿐만 아니라 꼴등의 점수도 공개했다. 꼴등이 누구인지 밝히지는 않았지만 점수를 밝히며 실망이라고 덧붙였다. 반 1등의 점수와 꼴등의 점수를 들으며 자극을 받으라는 의도겠지만 나는 오히려 반감만 커졌다. 학생들 동의 없이 마음대로 점수를 공개하고 1, 2, 3등에게는 박수를 보내면서 꼴등에게는 야유를 보내는 모습이 무서웠다. 내가 꼴등이 된다면 내 점수도 공개되고 실망이라는 말을 들을 수 있겠다는 불안감과 두려움이 들었다. 성적 공개는 우리 반에서 일어난 일이지만 다른 반에서도 선생님이 성적으로 학생들을 차별한다는 얘기가 공공연하게 나돌았다. 성적으로 차별하는 상황을 계속 겪다 보니 자연스럽게 시험에 대한 부담과 압박이 늘어만 갔다.

고등학교 때 시험을 잘 봐야 하는 이유는 대학이었다. 중학교 때까지만 하더라도 대학은 무조건 가야 한다고 생각했다. 어른들이 가라고 하니까, 그게 당연한 것이고 일반적인 거니까, 대학을 나와야 취업이 잘 되니까. 하지만 고등학교에서 마주한 대학에 대한 압박과 강요는 대학을 다시 생각해 보게 했다.

입학 설명회 날 학년 부장 선생님이 선배 두 명의 생기부를 보여 주었다. 한 선배는 열 장이 넘어가는 생기부를 가지고 있었다. 선배가 했던 다양한 활동들과 그 선배에 대한 좋은 얘기들로 넘쳐 났다. 또 다른 선배의 생기부는 다섯 장이 안 되었다. 선생님은 이 학생은 겨우 이 정도의 분량을 가지고 있다고 말했다. 학교가 생기부를 채워 주기 위해 다양한 활동을 준비했는데도 생기부가 다섯 장이 안 되는 선배를 실패자인 것처럼 말했다. 학년 부장 선생님은 수업 시간에 좋은 대학을 가는 것이 인생의 목표고 성공한 인생이라고 했다.

그 말을 들었을 때 많은 의문이 들었다. 좋은 대학에 들어갔다고 좋은 미래가 보장되는 것도 아니다. 좋은 대학에 들어가면 인생이 끝나는 것도 아니다. 그렇다면 내가 대학을 가야 하는 이유는 무엇일까? 대학은 무엇을 위해서 존재하는 걸까? 배우고 싶은 분야가 있을 때 그 분야에 대한 전문지식을 배우는 곳이 대학이라고 생각했다. 그때 나는 배우고 싶은 분야도 없었고, 고등학교에서 너무 심한 강요로 대학에 반항심이 들었다. 그리고 첫 중간고사를 보고 성적표를 받으니 대학은 갈 수 있을지 확신도 없어졌다. 내가 생각하는 대학의 존재 이유에 따라 무언가를 더 배우고 싶을 때 가고 싶었다. 이렇게 공부해서 대학에 가 봤자 의미가 없을 것 같았다.

하지만 내 생각이 바뀌었다고 달라지는 건 없었다. 학교에서는 여전히 대학을 강요했다.

# 저 연기합니다!

박샘이나

나는 예술고등학교를 꿈꾸던 학생이었어. 연기를 처음 만난 건 초등학교 6학년, 연극부에 들어가서 뮤지컬을 했었지. '사운 드 오브 뮤직'이라는 공연을 짧게 올렸어. 그때의 떨림과 공연이 끝난 뒤 후련함을 아직도 잊을 수 없더라. 그때부터 연기에 관심이 생겼고 연기에 대해 알아보기 시작했어. 그렇게 중학생이 되었고 중학교 자유학기제 덕분에 예체능 시간에 연극부를 했어. 거기서 친하지는 않았지만 같은 반 친구와 서로 진로에 관해 얘기하다가 친해졌어. 그 친구와 연기 학원도 알아보고 같이 다니고!

그러다가 3학년 때 예고 입시 연기를 시작했어. 그때부터 꿈이 뭐냐고 물어보면 배우라고 했고 전공은 무얼 할 거냐고 물으면 연기라고 당당히 말했지. 근데 사람들은 배우, 연기라는 소리를 들으면 당연하게 연예인을 떠올렸어. 나도 드라마나 영화

배우도 생각해 봤지만 작은 소극장에서 관객들과 소통하는 게 아주 좋고, 공연이 끝나고 커튼콜에 관객들이 주는 박수가 정말 좋았어. 그래서 나는 연극배우가 꿈이었지.

그런데 연기 학원에서 티 나지 않는 따돌림을 당했어. 난 못 버티고 학원을 옮겼지. 친구들에게는 거짓말을 했어. 사정이 있어서 학원에 다니지 못한다고. 처음에는 안양예술고등학교를 목표로 했지만, 학원을 옮기면서 꿈꾸던 학교를 바꿨어. 서울공연예술고등학교로. 근데 학교마다 원하는 스타일이 있었고 나는 안양예고 스타일이 몸에 배어 있었어. 갑자기 연기 스타일을 바꾼다는 게 정말 힘들더라고. 그만큼 더 열심히 후회 없이 준비했어. 그렇게 시험 날이 되었고 실수란 실수는 다 하고 나온 것 같았지.

며칠 뒤 발표가 나왔고 친구가 말해 줬어. 떨어졌다고. 난 믿을 수가 없었어. 그래서 내 두 눈으로 합격자 명단을 보러 갔어. 모니터 안에 있는 합격자 명단에 내 번호와 이름은 있지 않았어. 학교에서 결과를 확인했는데 너무 충격적이라 말도 안 나오고 울음부터 나오더라. 학원을 가서 편입 준비를 하겠다고, 인문계 고등학교는 절대 가지 않을 거라고 마음먹었어.

나는 금, 토, 일 3일 만에 5킬로그램이 쪘어. 울고 먹고를 반복했거든. 사실 한림예술고등학교도 지원할 수 있었는데 하지 않았어. 또 떨어질까 봐 무서워서 못 했어. 그렇게 예고 입시는 끝이 났지. 예고가 전부는 아니라는 생각으로 열심히 하고 싶었는데 그게 잘 안되더라. 목표가 사라진 기분이랄까? 슬럼프가 와서 2주 동안 휴식을 하고 돌아갔는데 연기도 감을 잃고 스트레칭도 되지 않고, 세상 모든 것을 잃은 기분이었어. 정말 힘들게 해 왔던 것인데 한순간에 다 망가져 버리니까 아무 생각도 안 드는 거야.

다시 처음이라고 생각하고 준비했어. 사람이 목표가 없으니까 슬슬 풀어지고 나태해지고, 그때부터 그냥 연기가 좋은 건지 사람 만나는 게 좋은 건지 헷갈리기 시작했어. 또 한 번 슬럼프가 온 건가 싶더라고. 내가 돈 벌어서 학원 다니기도 힘들었어. 그래서 학원을 그만둔 거야. 너무 힘들어서. 그냥 너무 힘들었어. 연기를 쉰다고 그만두기는 했지만 이제 연기를 시작하기 어려울 것 같아. 4년 동안 연기를 꿈꾸고 배우를 꿈꾸다가 막상 그만두니까 내가 하고 싶은 게 뭔지 잘 모르겠어. '너는 꿈이 뭐니?' 하고 물으면 고민이 많아져서 뭐라고 답해야 할지 모르겠어. 지금은 하고 싶은 것도 많고 해야 할 것도 많으니까 검정고시에 합격하면 내 꿈을 찾아보려고.

이게 내 연기의 유래라고 할까? 연기는 정말 나에 대해 잘 알게 해 준 것 같아. 또 내가 아닌 다른 사람을 연기하며 그 사람의 기분을 이해하는 법을 배웠고! 다시 연기하라고 하면 당연히 할 거야! 하지만 예술고등학교를 보내 준다고 하면 절대! 안 갈 거고. 왜냐면, 난 학교에 다니지 않는 지금의 내가 정말 좋고 내 시간을 내 마음대로 쓰면서 연기 활동을 하고 싶어. 아직은 내 마음 한쪽에 자리 잡은 연기가 가끔은 그리워져. 내가 저 무대에 서 있다면, 저 박수를 내가 받는다면 하는 마음에 괜히 우울해지고 슬퍼. (후회해?) 후회하지 않는다면 그건 거짓말이겠지? 계속했으면 좋았을걸 하는 마음이 가끔 들더라! 아주 가끔. 평소에는 내가 하고 싶은 걸 찾고 있어. 너는 꿈이 뭐야?

# 막막함

김예빈

길을 걷는데 자꾸만 발이 푹푹 빠진다. 별거 없이 공허한 공기가 뭐 이리도 무거운지. 저 위에는 이 공기를 누르는 무언가가 또 있는 건지. 세상은 이렇게 큰데 내가 모르는 세상이 또 있는 건지. 그건 또 얼마나 무거울지. 내가 그 세상을 겁내지 않으면서, 웃으면서, 행복하게 잘 살아갈 수 있을지 나는 알 수 없었다.

나는 꿈을 너무 찾고 싶은 사람이었다. 중학교를 다니는 내내 꿈을 찾기 위해 나름대로 노력했지만 쉽지 않았다. 먼저 나에 대해 잘 알아야 하는데 도저히 이런 교육 시스템 속에서는 불가능한 것 같았다. 불안했다. 우선 난 꿈 없이 무언가를 잘 해낼 자신이 없었으니까. 어른들이 말하는 '가장 쉬운 길'이 나에겐 무지 숨 막히는 터널 같았다. 그 터널이 끝나도 내가 기뻐하지 않을 거라는 걸 아주 잘 알고 있었다.

꿈을 안고 노력하는 사람들도 힘들어하는데 나처럼 목표가 없는 사람들은 어디를 보고 달려야 하는 걸까. 무작정 출발해도 정말 괜찮은 걸까. 나의 학교와 사회는 내 눈을 가려 놓고 내가 알아서 어디론가 도착하길 바라는 것 같았다. 원하든 원하지 않든 그냥 내가 어떻게든 해서 무언가가 되어 있길 바라는 듯했다.

나는 내가 누군지도 모르고 그냥 걸었다. 복잡하고 칙칙한 거리를 애매하게 거닐며 늘 마음 어딘가 부족하다는 걸 느꼈다. 아주 느리게 천천히 흐릿해져 가는 내 모습은 늘 내게 불안감을 안겨 주었다. 옆에 있는 친구들 또한 마찬가지였다. 그래서 이러한 불안과 갑갑함이 아주 자연스럽고 마땅하게 느껴졌지만 결코 마땅한 게 아니었다. 쿠키를 구워 내듯 똑같은 모양의 틀로 우릴 찍어 내는 일이 마땅하게 여겨지는 건 너무 속상한 일이다. 영문도 모른 채 쿠키 반죽이 된 이들이 무척이나 아플 테니까.

"원래 학교는 다 그런 거니까."

"그래도 이거 안 하면 나중에 뭐 먹고 살겠어."

실은 당연하지 않은 것을 당연한 것으로 받아들여야만 밑바닥이 아닌 삶을 살 수 있는 걸까. 그게 최선일 거라 생각하니 기운이 빠졌다. 그래서 나도 평범하게 행동했다. 남들이 걸으면 나도 걸었고 남들이 뛰면 나도 뛰었다. 한 박자 늦는 삶, 보통의 그들을 애매하게 좇는 삶. 내 길이 맞는지 아닌지조차 모르겠는 상황 속에서 갈피를 잡지 못했다.

불안, 회의, 무기력, 조바심 등, 꿈이 있든 없든 느끼는 것들이다. 그러나 가고자 하는 목적지가 명확한 이들에게는 최소한의 열정과 기대감이 있다. 힘들고 지쳐도 그것들로 목을 축이며 조금 더, 조금 더 힘을 낸다. 그러나 꿈이 없으면 열정과 기대감은 커녕 눈을 감은 채 달리는 것만 같다. 단락 첫 줄에서 말한 것들만 등에 지고서 빙 돌아 도착했을 때 눈앞의 풍경이 마음에 맞으리라 장담할 수도 없다. 나는 너무 막막했다.

나는 마치 풍선 속 공기 같았다. 어디론가 계속 흘러가고 있는데 그게 어딘지는 모른다. 나는 그런 공기 같았다.

# 앓이

강지수

일반 고등학교에 진학하지 않고 휴학했다. 입학도 하지 않고 휴학을 선택했다. 그렇게 나는 도망쳤다. 일반 고등학교에 가서 버틸 자신이 없었다.

내가 고등학교에 가지 않을 거라고 했을 때 내 편은 아무도 없었다. 내가 가장 믿고 의지하는 사람들의 말이 나에게는 화살이 되어 가슴에 꽂혔다. 나를 이해해 주는 이가 아무도 없다는 것이 가장 서러웠다. 내가 말해 봤자 그들은 바뀌지 않을 걸 알기에 나는 많은 말을 하지 않았다. 내 속은 그렇게 곪아 터져 갔다. 그렇다고 뜻을 굽힐 사람은 아니었기에 나는 학교에 가지 않았다.

중학교 시절, 학교에 있을 때 나는 마치 새장 안에 갇혀 사는 새 같았다. 날개도 있고 날 능력도 있었지만, 사람들에 의해 갇혀 살았다. 너무 답답했다. 한 번도 날아 본 적은 없지만 알 수 있었다. 내가 날 수 있다는 것을. 나에 대한 확실한 믿음이 있었다기보다는 그냥 그렇게 믿고 싶었다. 더 이상 일반학교 안에 갇힌다면 내가 미쳐 버릴 수도 있겠다고 생각했다. 그렇게 나는 버티지 못하고 도망치기로 마음먹었다.

일반 고등학교를 휴학하고 대안학교에 가기로 했다. 대안학교에 가면 바로 자유로이 날아다닐 수 있을 거라고 생각했는데, 큰 오산이었다. 나는 한 번도 날아 본 적이 없었기 때문에 연습이 필요했다. 나는 날기 위해 노력하고 노력했다. 하지만 계속 추락했다. 다리가 부러지고, 날개를 다쳤다. 그럴수록 좌절만 커졌고 또 다시 우울의 늪에 발을 담갔다.

새장만 탈출하면 모든 것이 괜찮을 줄 알았다. 정말 어리석은 생각이었다. 세상에 쉬운 일 하나 없고, 어딜 가나 힘들다는 걸 나는 왜 해 봐야 아는 걸까? 머리가 나쁘면 몸이 고생한다는 말은 나를 위해 존재하나 보다.

그렇게 나오고 싶었던 학교였는데, 학교가 그리웠다. 대안학교도 같은 학교인데, 비교할 수 없을 정도로 많은 것이 달랐다. 이제까지 새장이 이 세상의 전부인 줄 알고 살던 새가 더 큰 세상에서 한순간에 적응한다는 건 말도 안 되는 일이나. 나는 학교 밖 세상을 원해서 선택한 것이 아니라 학교를 탈출할 방법을 찾은 것뿐이다. 도망쳐 나왔는데, 이곳에서도 도망쳐 나가고 싶었다. 여기서도 도망쳐 버리면 나는 더 이상 갈 곳이 없었다. 그래서 그냥 버텼다. 새로운 환경에 잘 적응하기 위해 뭘 어떻게 해야 하는 건지 엄두가 나질 않았다. 잘 참다가도 집에 오면 눈물이 났다. 참을 수 없어서 그냥 울었다, 계속 울었다. 그렇게 다시 숨통이 막혀 오기 시작했다.

잘 알아보지 않고 선택했다. 잘 몰랐기에 그 안에서 문제를 마주했을 때 어려움이 더 컸다. 내 선택이 안 좋은 결과를 가져온다고 해도 그 책임은 모두 나에게 있다. 나는 뭐가 문제인지 알면서도 머리가 복잡했다. 알면서 안 하는 게 제일 나쁜 거라고 했는데, 문제는 아는데 해결방법을 몰랐다. 방법을 알아도 문제가 너무 커서 어디서부터 손을 대야 할지 엄두가 나질 않았다. 이건 다 변명이다. 나는 못 하겠으면 도망친다. 부딪히고, 맞서려고 하지 않는다. 가장 나쁜 습관이지만 알면서도 절대 고치지 못할 것 같다.

시간이 해결해 준다는 말이 어느 정도는 맞는 말인 것 같다. 인간은 적응의 동물이라고 나는 어느새 대안학교에 적응했다. 그렇게 적응한 뒤 휴학했던 일반학교를 자퇴하기로 결심했다. 사실 자퇴를 하고 나서도 여러 번 후회했다. 지금도 일반 고등학교에 한 번 가 봤으면 어땠을까 하는 생각을 종종 한다. 원래 가지 않은 길에는 미련이 남는 법이다. 그래도 내 선택을 후회하지 않는다. 다시 선택의 길에 놓인다고 해도 나는 같은 선택을 할 것이다.

# 옳은 선택

김도연

　나는 언제나 옳은 선택을 하고 싶다.

　나중에 가서 후회하거나 아쉬워하지 않을, 돌아보면 인생의 터닝 포인트였다 느낄 선견지명의 결정을 내리고 싶다. 그렇기에 어릴 적부터 꼼꼼하게 계획을 세웠고, 계획표를 충실히 수행하며 내가 바라는 나를 만들어 나가는 것이 인생의 궁극적인 목표였다. 빈틈 없을 정도로 촘촘히 짜여 새끼손가락 하나 들어가지 못하는, 그 누구도 손가락질하지 못하는 그런 사람이 되길 원했다. 이런 나의 바람 때문인지, 내 인생을 바꿀 중요한 결정뿐만 아니라 슈퍼에서 과자를 고를 때조차 생각에 생각을 거듭하게 되었다.

　그래서 내가 자퇴를 하고 싶다는 걸 깨달았을 때 적잖이 놀랐다. 내 인생 계획에서 자퇴는 고려 대상이 아니었기 때문이다. 나는 내가 어디까지 버틸 수 있을지 미처 모르고 무작정 밀어붙이고만 있었다. 버거움을 느껴 계획했던 게 무산되거나 뒤로 미뤄지는 건 빈번했지만, 자퇴를 하고 싶을 만큼 힘든 줄은 짐작조차 하지 못했다. 자퇴를 바라는 생각은 걷잡을 수 없이 커져서, 어느새 나도 모르는 사이에 머릿속 계획을 거부하고 옆길로 새기 시작했다.

지금 생각해 보면 무모하고 무책임한 행동이었지만, 그때는 무의식적으로 불확실한 미래보다는 명확히 보장되는 현재의 안정을 우선했다고 생각한다. 결국 나는 내가 좇고 있는 방향으로 길을 틀기로 결정했다. 내가 미래를 계획한 이유는 그 누구도 아닌, 내가 행복하고 싶었기에. 나는 복잡했던 머리를 비우고 새로운 것으로 채워 나가기로 결심했다. 자퇴를 하며 내 사전에서 '옳은 선택'은 새로 정의 내렸다. 사회가 정한 정도를 걷는 것이 아닌, 조금 돌아갈지라도 내가 행복할 수 있는 삶을 따르는 것으로.

자퇴신청서를 제출하고 학교를 나서며, 날씨가 아름답다고 느꼈다. 마음을 비운 채 맑게 갠 하늘에 흐르는 구름을 바라보니, 여유로움이 차올랐다. 1교시가 한창일 시간에 카페에서 복숭아 생과일주스를 사 들고, 볕에 그을리는 기분을 즐기며 느긋하게 학교에 가는 여유로움과 비슷하지만 달랐다. 그때는 평화로웠지만, 지금은 자유로웠다. 이제 내 삶을 온전히 내 선택으로 이끌어 나갈 수 있음을, 그래야 함을 알았다. 가장 먼저 쉬고 싶었다. 날마다 나를 괴롭히던 두통과 우울증과 무기력함을 벗고, 죽은 듯이 잠을 잤다. 하고 싶었던 게임도 하고, 밤새도록 책도 읽었다. 다들 직장이나 학교에 있을 평일 낮에 한산한 시내를 돌아다녀 보기도 했다. 얼마 동안 순수하게 내 선택으로 이끌어 낸 홀가분함을 마음껏 누렸다.

한 달이 지나고, 두 달이 지나고, 해가 바뀌자 머릿속에서 경고등이 울리기 시작했다. 내 안의 설계자 세포가 내 모든 행동을 의심하기 시작했다. 영화를 볼 때도, 게임을 할 때도 "너 이대로도 괜찮겠어?" 하는 목소리가 따라다녔다. 그제야 나는 어느새 흐지부지된 계획표를 돌아보았다. 나를 위한 선택을 했다고 생각했지만, 내가 바라는 행복에서 더 멀어지고 있는 듯했다. 스스로에게 실망했지만, 지금이라도 깨달아서 다행이라고, 아직 늦지 않았다고 위로했다. 곧바로 검정고시 학원을 등록해 꾸준히 다니기 시작하면서 계획했던 것들을 하나하나씩 실천해 나갔다.

3월 19일, 나는 드디어 할까 말까 고민만 하고 있던 언더컷을 했다. 자퇴를 한 지난 7월부터 계속 고민해 왔지만 항상 주저하고 미뤄 왔던 것을, 결국 계절이 바뀌고 나서야 실천했다. 정작 더워서 고생했던 여름엔 밀지 않았던 머리카락을 겨울에서야 미는 것이 지금껏 해야 할 일을 외면했다는 증거 같아 부끄러웠지만, 늦더라도 바라는 것을 실천에 옮겼다는 것에 의의를 두니 스스로가 뿌듯했다. 시원한 바람이 뒷목을 스치며, 달라붙은 머리칼을 압박감과 함께 날려 보냈다. 잘라 낸 머리카락의 무게만큼 마음이 가벼워졌다.

# 3부

# 왜
# 학교 안 청소년이
# 되어야 하지?

가끔은 무시를, 비판을, 잔소리를 들어도 나는 내 삶이, 그리고 앞으로의 방향이 좋습니다. 늘 행복하진 않아도 좋아합니다. 늘 기뻐하진 않더라도 내가한 선택을 좋아합니다. 학교를 다니지 않는 게 나에겐 흠이 되지 않습니다.

# 너도 나도 불행과 행복을 양손에 쥐고 산다

김태희

어째서 학교만 가면 미소가 장착되는지 참 모를 일이다. 서류를 발급받으러 갔던 날도, 친구들의 종업식 날도, 친구들의 시험 마지막 날도 나는 행복해 보이는 미소를 띠었다.

학교에 우연히 가게 되는 날이면 나는 항상 상담 선생님을 뵙고 가려 한다. 자퇴하기 전에도 후에도 선생님은 나에게 정말 좋은 사람이다. 내 주변에 아무리 좋은 사람이 많아도 정작 나에게 좋은 사람이라는 건 별개의 문제다. 언젠가 선생님께서 해주신 말이 기억난다.

"애들이 너 학교 밖에서 자유롭게 지내는 거 부러워해."

이 말을 듣고 친구들이 진짜 나를 부러워하는지 안 하는지와 상관없이 정말 많은 생각을 한 것 같다. 나도 학교에 다닐 땐 학교 밖을 갈망했다. 더 큰 자유, 평화로움, 그런 것들이 고팠으니까. 친구를 적으로 보는 아이들과 정신 차리면 그들과 같던 나와, 사람들의 기대, 압박, 입에 발린 걱정, 없는 시간 쥐어짜며 살던 순간들이 나에겐 고통이었고 어디론가 도망치고 싶게 만들었다. 시간에 쫓기며 살다 보니 '나'는 어디론가 사라져 버렸다. 잠잘 시간이 부족해 밤엔 유독 까칠했고 낮엔 졸기 일쑤에, 교실 뒤편에 있던 키다리 책상은 내 단골 맛집이었다. 내가 너무 부족하다는 생각이 스스로를 혐오하게 했다. 혐오감이 불쑥불쑥 날 삼키려 들면 책을 읽었고 글을 썼다. 하루하루를 연장하기 위해 새벽에 책을 읽고 글을 썼다. 벌어진 상처를 모아도 다시 벌어지기 마련인데 어리석게도 나는 그랬다. 그러다 어떤 하루를 기점으로 자퇴를 결심했다.

자퇴하기 전에 갈망했던 것들을 자퇴하고 나서 하나하나 겪어 보면서 무엇이든 대가가 있다는 생각을 했다. 자퇴를 하며 내가 포기했던 건 수학여행과 또래상담동아리, 그밖에도 참 많은 것이 있고, 자퇴를 하며 내 어깨에 쌓인 건 책임감과 불안정함, 그밖에도 참 많은 것이 있다.

당연히 자퇴를 후회해 본 적 있다. 후회는 성장의 증거니까. 그때의 나보다 지금의 내가 더욱 넓은 시야로 세상을 바라볼 수 있고, 기억은 희미해지는 법이니까. 그런데 나는 지금에 무척 만족한다. 그거면 된 거다. 사실 누구나 불행과 행복을 한 손씩 양손에 쥐고 있다. 자퇴 전의 나도 지금의 나도 그렇다. 그것을 깨달아서 자퇴를 후회할 수 있었다. 하지만 이 또한 자퇴를 했기에 깨달은 것이라 지금은 오히려 자퇴하길 잘했다는 생각을 종종 한다.

모두가 양손에 불행과 행복을 쥐고 있지만 그걸 잘 모를 땐 손에 쥐고 있는 것이 희미해 보이는 법이다. 'ㅂㅎ'과 'ㅎㅂ'처럼 말이다. 우리는 한글을 배울 때 ㅎ보다 ㅂ을 먼저 배워서인지 불행을 먼저 읽고 불행해한다. 다른 손에 남아 있는 행복을 읽지 못하고 먼저 읽은 한 손만을 바라보며 아파한다.

가끔 나는, 사람들이 나를 마냥 행복하게 사는 것처럼 바라본다고 느낄 때가 있다. 나도 당연히 불행할 때가 있다. 그 양이 결코 적은 것은 아니며 내 삶이 전보다 더욱 행복으로 가득 찼다고 말하는 이들의 양이 많은 것도 아니다. 우리 모두는 불행과 행복을 쥐고 살지만 '행복'을 잘 읽지 못한다. 우리 각자의 삶에서 '행복'을 읽어 낼 때, 우리는 비로소 행복함을 느낄 수 있으며 행복하게 사는 모습으로 보이기 시작한다. 내가 더 행복한 삶을 살아서 행복해 보이는 게 아니고 내 삶에서 행복을 읽어 내기 때문에 전보다 더욱 행복해 보이는 것이다.

# 선택하다

김은결

무언가를 '하지 않는다'는 것은 대체로 내 삶에서 그렇게 중요한 사실이 아니다. 나는 하지 않는 것들에 신경을 쓰기에는, 하고 있고 하고 싶은 것들이 더 많기 때문이다. 그렇게 넘어갈 수 있는 다른 '하지 않는' 것들과 달리, '학교에 다니지 않는' 것은 내 삶에서 굉장히 큰 부분이다. 나를 수식할 때 다섯 손가락 안에 드는 것이기도 하다. 학교를 다니지 않는다는 사실은 나에게 특별하다. 주로 그것은 나에게 정말 당연한 사실이다. 그러면서도 동시에, 생각할 때마다 짜릿하고 약간은 비현실적이며 신기한 사실이다. 가끔은 '정말로 내 또래들은 학교를 다닌다고?' 같은 생각이 들며, 내가 일반적인 세상과 동떨어져 있다는 것을 깨닫게 해 주는 사실이기도 하다.

나는 '학교에 다니지 않는 나'를 좋아한다. 학교에 다니지 않는 것은 단순히 다니지 않는 것으로 끝난 게 아니라, 수많은 것들을 하고 있는 내가 됐기 때문이다. 단순히 학교에 가지 않는 길을 선택한 것만으로도 내 선택지는 두 개가 아니라 무한히 늘어났다. 그리고 그 선택들이 모여서 나중의 나를 만들어 줄 것이라고 믿는다. 선택지로 두 개는 좁다. 물론 선택의 자유가 있는 것만으로도 행운인 경우가 많다. 그렇지만 두 개의 선택지만 있는 삶은 얼마나 지루할까! 두 개의 선택지로 시작해서 점차 세 개가 되고, 네 개가 되고, 나중에 선택하는 것에 익숙해져서 주체적인 삶을 살 수 있으면 선택지가 주어지지 않아도 내 길을 만들어서 하고 싶은 걸 하면서 살고 싶다.

아직 나는 선택하는 것에 익숙하지 않다. 선택을 책임지는 것도 잘 하지 못한다. 그렇지만 학교에 다니지 않기로 선택한 것은 거의 맨 처음으로 내가 내린 '중요한' 선택이었고, 한 번도 이 선택을 후회한 적 없다. 학교에 다니지 않은 시간이 나에게 중요한 일부가 되었기 때문이다. 앞으로 내가 선택을 하고, 책임을 지는 것에 지금 이 경험이 도움이 됐으면 하고 생각한다.

그렇지만 좋아하는 것과 별개로, 이런 사실을 쉽게 밝히지 못하는 것이 가끔 나를 자괴감에 빠지게 한다. 당장 친척들부터, 일상에서 만나는 아랫집 아주머니라든지……. 학교에 다니지 않는다고 했을 때 받게 되는 의문, 혼란, 가끔은 동정이나 분노가 담긴 시선들이 싫다. 말하지 않으면 모르는 일이지만, 100명에게 말하면 99명은 어떤 반응을 보일지 미리 알고 있는 내 자신도 싫고, 그러한 사회 분위기가 가장 싫다. 나를 많이 미워하는 건 쓸데없는 짓이다. 그러니 사회가 바뀌었으면 좋겠다고 바랄 뿐이다. 그렇지만 나는 글을 쓸 때 사회문제와 관련한 무거운 얘기보다는 내 개인적인 얘기를 쓰겠다고 다짐했다. 내가 사회 안에 사는 한 그걸 완벽하게 구분하는 건 불가능한 일이겠지만……. 언젠가는 바뀌었으면 좋겠다.

나는 학교에 다니지 않는다. 그리고 그런 나를 좋아한다. 학교에 다니지 않은 지 1년이 조금 넘은 시점의 내가 할 수 있는 가장 단순하면서 핵심적인 말이다. 학교에 다니지 않기 때문이기도 하지만, 내가 학교에 다니지 않기로 선택했기 때문이기도 하다. 앞으로도 선택을 하고 그 선택에 후회가 없는 삶을 살고 싶다. 그런 삶의 좋은 첫걸음이다.

# 학교를 다니지 않는 게
# 나에겐 흠이 되지 않습니다

김다현

학교를 다니지 않는 게 나에겐 흠이 되지 않습니다. 학교를 다니지 않아서 더 많은 생각을 해 봤고, 더 주체적으로 삶을 꾸려 낼 수 있었습니다. 일주일 동안 좋아하는 글을 쓰고, 좋아하는 그림을 그립니다. 일주일 동안 좋아하는 옷을 입고, 좋아하는 사람과 만납니다. 나의 일주일은 좋아하는 것으로 꽉 차 있습니다. 늘 행복하진 않아도 좋아합니다. 늘 기뻐하진 않아도 내 선택을 좋아합니다.

그런데 그걸 모르는 사람들은 내가 좋아하는 걸 종종 무시합니다. 어떤 택시기사는 대안학교를 청소년 교도소로 알고, 집 앞 미용실 원장님은 문제아들이 다니는 학교로 알고 있습니다. 또 영화관 직원은 학생증이 없다고 청소년 할인을 해 주지 않고, 청소년인데도 평일 오전에 버스에서 청소년 요금을 내면 어쩐지 창피합니다. 법으로도 아무런 문제가 없지만 머리를 염색하고 청소년 요금을 내는 것도 양심에 콕콕 찔립니다.

이런 일상들이 연결되면 내가 어른도, 청소년도 아닌 이상한 무언가가 된 것 같습니다. 내가 왜 창피해야 할까, 눈치를 봐야 할까, 언제나 나를, 그리고 내가 다니는 학교를 남들에게 설명할 준비를 해야 하는 걸까. 남들이 보여 주는 관심이 좋다가도 버겁게 느껴집니다. 조금 다르다는 건 특별함이 되어 불안하고, 자유로우면서도 주변을 신경 써야 하는 일인가 봅니다. 그래서 학교 밖 청소년으로 사는 건 좋아하는 일을 싫어하게 되는 계기가 될 수 있겠다고 생각했습니다. 내가 좋아하는 일만 하면 주변 시선이 안 좋겠다는 생각이 들어 주눅 들기도 했습니다.

그렇다 하더라도 학교를 다니지 않는 건 흠이 되지 않습니다.

가끔은 무시를, 비판을, 잔소리를 들어도 나는 내가 다니는 학교가, 내 삶이, 그리고 앞으로의 방향이 좋습니다. 늘 행복하진 않아도 좋아합니다. 늘 기뻐하진 않더라도 내가 한 선택을 좋아합니다. 학교를 다니지 않는 게 나에겐 흠이 되지 않습니다.

# 왜 학교 안 청소년이 되어야 하지?

김명중

어떤 학교를 만들고 싶냐는 질문에 '이런 게 있는 학교를 만들고 싶다'는 생각보다 '이런 게 없는 학교를 만들고 싶다'는 생각이 앞섰다. 아마 기존 학교에 대한 불만들 때문이겠지. 표현도, 정치도, 사랑도, 생각도 모두 없는 곳, 학교.

자퇴해서 아쉬운 경우가 몇 가지 있는데 공부나 교육과 연관된 것은 하나도 없다. 연극 동아리에서 연극제는 치르고 자퇴할걸. 우리 학교 축제에서 이러이러한 것을 한다는데 축제는 끝내고 자퇴할걸. 그리고 가장 하고 싶었던 것이 있다. 다른 학교와 마찬가지로 우리 학교도 '이성 간 접촉 금지'라는 교칙이 있다. 실제로도 선생님들이 그런 아이들을 제재했다. 내가 가장 하고 싶었던 것은 '교내에서 동성 친구를 사귀어 손잡고 다니는 것'이었다. 교칙이 이성 간의 교제를 막는 것보다 동성애자를 배제한다는 것에 화가 났기 때문이다. 그러면서 배 째라는 식으로 학교를 걸어 다니면서, 퀴어는 어디에나 있다는 걸 각인시키고 싶었다.

주저리가 길었다. 갑자기 생각나서 하는 말일 뿐이다. 수십, 수백 가지가 있겠지만 내가 만들고 싶은 학교는 진학만을 권장하지 않는 학교다. 중학교든, 고등학교든 말이다. 나는 중학교 3학년 때 어떤 학교를 가고 싶냐는 물음들에 답을 찾지 못했다. 우연히 대안학교를 알게 되었는데 그 뒤로 대안학교 진학을 꿈꿨다. 그렇지만 내가 생각한 대안학교는 모두 먼 곳에 있었고 돈도 장난 아니게 들었다. 당연하게도, 나는 대안학교에 갈 수 없었다.

어쩔 수 없이, 아무 생각도 없이, 가장 가까운 인문계 고등학교에 진학했다. 3월 동안은 열심히 다녔고, 4월 동안은 학교를 째기도 하고 여행도 다녀오며 방황했고, 5월 동안은 자퇴 전 숙려 기간으로 보냈다. 정확히 석 달을 채우고 5월 마지막 날 자퇴를 했다. 학교를 제대로 다닌 건 겨우 3월 한 달이었고 두 달을 날렸다는 생각이 들었다. 내가 오고 싶어서 온 것도 아닌데 나가는 건 왜 이렇게 힘든 건지.

사실 초중등 교육도 대체재가 있고 의무교육은 중학교까지인데 왜 중학교는 당연하다는 듯 고등학교에 보낼까? 왜 고등학교는 당연하다는 듯 대학교에 보낼까? 그게 싫으면 왜 힘들게 자퇴를 해야 할까? 굳이 안 가겠다는데 초대해 놓고 돌아가려면 숙려 기간을 다 보내야 한단다. 게다가 부모님 동의도 필요하다니, 왜 내 생각대로 못 하게 하는 거지? 굳이 사양하는 학교에 들어가게 해 놔서 힘들게 나왔더니 '학교 밖 청소년' '자퇴', 이런 딱지들을 붙인다. 왜 나라는 존재가 무언가의 밖, 무언가를 나온, 이런 게 되어야 하는 거지?

　질문이 잘못되었다. 중학교 3학년, 고등학교 3학년에게 "어느 학교 갈 거야?" 하고 묻는 질문 말이다. "고등학교, 대학교는 갈 거야?" 아니 더 좋게 만들자면 "졸업하고 뭐 할 거야?" 하는 질문이 필요하다. 다 필요 없고 수고했단 말만 하면 더 좋다. 길은 셀 수도 없이 많은데 우리는 왜 하나의 길만 가라고 할까. 다른 길은 벽으로 막아 놓고 말이다. 그 길로 갈 생각은 들지도 않게, 당연히 하나의 길만 가라는 듯, 벽을 높이도 쌓았다. 그 길이 아예 보이지 않도록 말이다.

　처음부터 무료여야 하는 길에 통행소를 만드는 짓을 하는, 그래서 그 길로 갈 생각을 하지도 못하게 하는 학교. 나는 그렇지 않은 학교를 만들고 싶다.

　학교의 의의는 진학인가, 교육인가.

# 나에게 선물하는 학교

김다영

학교를 그만둔 지 1년이 넘었지만, 난 아직도 학교라는 악몽을 꾼다. 교실의 삭막하고 어수선한 분위기 속에 앉아 있는 나는, 늘 화가 나 있다. 동시에 아주 큰 두려움에 빠져 있다. 그리고 나는 다음 세 가지 행동 중 하나를 선택한다. 중압감을 이기지 못하고 교실을 박차고 나가거나, 선생님께 욕을 하며 화를 내거나, 아니면 바닥에 픽 하고 쓰러진다.

교실을 박차고 나가면 선생님한테 잡히지 않으려고 계단을 거의 날듯이 뛰어내린다. 그리고 운동장에 나가서는 이내 하늘로 날아올라 학교의 높은 담을 넘는다. 그렇게 날면서 자유를 만끽하고, 세상 구경을 한다. 마지막에는 바다를 가로질러 내가 사는 곳을 떠난다.

선생님께 욕하고 화를 내면, 나는 화를 주체하지 못하고 굉장히 폭력적으로 바뀐다. 책상을 집어던지고, 손톱으로 벽을 긁고,

교과서를 갈기갈기 찢어 버린다. 그리고 아주 크게, 거의 울다시 피, 깊고 어두운 비명을 지른다.

바닥에 픽 하고 쓰러질 때는, 많은 일이 일어나지 않는다. 수업하다가 알 수 없는 이유로, 바닥에 풀썩 주저앉거나 쓰러진다. 하지만 내가 바닥에 쓰러져 있든 말든, 선생님은 수업을 계속한다. 아이들 또한 아무런 관심을 가지지 않는다. 쓰러진 내가 무안해질 정도로, 아무런 일도 일어나지 않는다. 아픈 티를 내도, 선생님은 '또 무슨 엄살이냐'는 표정으로 나에게 짜증 어린 핀잔만 준다. 그렇게 정말 울고 싶을 때가 되면, 나는 꿈에서 깨어난다.

이렇게 학교에 관한 악몽을 거의 날마다 꾸는 나는, 학교에 대해 이야기해 보라고 하면 몇 날 며칠이고 열변을 토할 수 있다. 신랄한 비판을 할 수도, 제약 없는 유토피아를 상상할 수도 있다. 하지만 정말로, 한 가지 이야기만 할 수 있다면, 나는 나에게 선물하고 싶은 학교에 대해 이야기해 보고 싶다. 학교가 지지리도 맞지 않던 나에게, 그래서 미친 듯이 괴로워하던 나에게, 괴롭지 않은 학교라는 선물을 주고 싶다. 상상의 선물인 만큼 현실에서 많이 벗어나 있지만, 상상의 선물이니 그러려니 하길 바란다.

이 학교는 10명 이하의 소규모 수업, 또는 일대일 수업이 주를 이룬다. 모든 수업의 이름은 '수학' '영어'처럼 학문 전체를 포괄

하지 않는다. 대신 '피타고라스' '영자 신문'처럼 일정한 학문적 주제가 이름이 되기도 하고, '내가 하는 강연' '나의 인생 계획 세우기'처럼 주 과제가 이름이 되기도 한다. 그리고 그 수업은 이름 붙인 주제나 과제를 중심으로 다양한 대화, 토론, 체험 같은 참여 활동을 진행한다.

교사가 그날의 주제를 제시하면 학생들은 다양한 상상과 의견 교환을 통해 나름의 결론을 이끌어 낸다. 그리고 교사는 학생들에게 수업 목표에 더 가까워질 수 있는 질문이나 아이디어를 주어 학생들이 스스로 수업 목표에 다다를 수 있도록 보조한다. 이때 직접 눈으로 결과를 볼 수 있는 실험 또는 체험을 적극적으로 시행한다. 그리고 학생들은 교사에게 의문점 또는 심화 사항을 질문하고 교사는 이에 적극적으로 대답하며 학생들이 학습 목표에 더욱 가까워질 수 있도록 돕는다.

늘 일정한 수업 목표가 있는 것은 아니다. 정확한 지식 전달이 중요하다면 명확한 수업 목표가 설정되겠지만, 그렇지 않은 철학, 또는 사회현상에 대한 토론 수업에서는 학생들이 그 주제를 놓고 여러 관점에서 생각해 본 뒤 자기 관점을 확립하는 것이 수업 목표이다.

교과서는 없다. 각 수업의 진행자나 교사가 그때그때 필요한 자료를 나누어 줄 수는 있지만, 딱딱한 줄글과 단편적 예시만으로 학생들에게 정보를 주입하는 교과서는 사용하지 않는다.

이 학교의 가장 중요한 활동은 '학생이 가르치는 수업'이다. 말 그대로 교사가 아닌 학생이 발표를 하며 자기가 아는 내용을 설명하는 수업 방식이다. 한 주제가 학생과 교사의 활발한 쌍방 소통, 토론, 체험 등의 참여 활동으로 어느 정도 다루어졌다면, 이젠 학생이 더욱 적극적인 주체가 되어 자기가 알고 있는 지식과 의견을 나눌 수 있을 정도가 된다. 학생은 자기가 더 깊게 탐구하고 싶은 부분을 도서관에서 책과 인터넷 자료를 보며 스스로 습득하고, 도움이 필요한 부분이 있으면 그때 교사를 찾아가 질문한다.

그리고 수업을 함께한 학생들과 교사는 물론, 그 수업을 듣지 않는 학생들과 다른 교사들 앞에서까지 자기가 기획한 강연을 진행한다. 이 방식은 학생들이 호기심을 갖고 심도 있게 탐구해 볼 기회를 준다. 또한, 해당 분야에 지식이 없는 사람에게도 어떻게 하면 내용을 이해시킬 수 있을까 생각하게 한다. 이 과정을 통해 학생은 수업 주제를 더욱 깊게 이해할 수 있다. 학생들의 교육 평가도 이 강연을 통해 진행된다.

이와 같은 수업 방식은 학교의 철학을 확실하게 보여 준다. 첫째, 애써서 외우지 않아도 중요한 지식은 자연스럽게 습득된다. 둘째, 알고 싶은 것이 있을 때는 두 가지 방법을 사용해 바라는 답을 얻어 낼 수 있는데, 하나는 또 다른 사람에게 질문하는 방법이고 또 하나는 자료를 직접 찾는 방법이다. 질문은 지식의 방향성을 제시해 주고, 자료는 지식을 확장시켜 준다. 셋째, 교사는 학생들 위에 수직관계로 군림하는 존재가 아닌, 학생들이 스스로 답을 찾을 수 있게 도와주는 보조자이다.

그리고 덧붙일 것이 있다. 바로 인성 교육에 관한 문제이다. 이 학교에서 가장 중요하게 생각하는 덕목은 '다름'이다. 특히 학생의 행동이 다른 사람에게 피해를 주지 않는다면 그것은 학생이 고쳐야 할 비행이 아닌 교사와의 단순한 차이, 즉 다름이다. 예를 들어 지각을 자주 하는 학생이 있다고 하자. 이 학생이 지각해서 수업에 문제가 생기거나, 다른 학생들이 하염없이 기다리는 상황이 된다면, 교사는 그 학생과 지각에 대해 적극적으로 대화해야 할 것이다. 그 학생이 수업을 처음부터 들을 이유가 없다고 생각하고, 자기 없이도 수업을 먼저 시작해도 된다고 느낀다면, 교사는 더 이상 학생을 설득할 이유가 없다. 적어도 그 학생에게 신뢰와 손해를 운운하며 많은 학생들 앞에서 윽박지를 이유는 없다.

교사는 학생을 동등한 인격체로 볼 필요가 있다. 인성 지도가 필요하다고 느낀다면 학생의 행동이 도덕적으로 얼마나 형편없는 것인지 평가하며 분노하기보다, 다른 학생과 교사가 그 학생의 행동 때문에 어떤 영향을 받는지 이야기할 필요가 있다. 교사가 학생을 동등한 인격체로 대한다면, 교사의 분노가 그렇게 쉽고 가볍게 표현되어 공포 분위기를 만드는 수단이 되지 않을 것이다.

　이 학교는 나에게 정말로 필요한 학교다. 나는 이 학교를, 날마다 감옥에 갇혀 교과서를 외우고, 늘 선생님 눈치를 보고, 친구들에게 상처받았던 나에게 선물해 주고 싶다.

# 함께 걷는 길

박주현

나는 학교에 다니지 않는다. 이 말을 하면 듣는 질문이 있다.

"왜 안 다녀?"

학교에 다니는 애들한테는 왜 학교에 다니느냐고 묻지 않으면서 학교를 안 다니는 애들에겐 왜 다니지 않느냐고 묻는다. 남들과 다른 선택을 한 이유가 궁금해서 한 질문이라는 걸 알아도 들을 때마다 한숨이 나온다. 내가 대답해 줘야 할 의무가 있는 건 아니지만 입 다물고 있으면 제멋대로 지레짐작하니 가만히 있을 수도 없다. (아예 플래카드를 만들어서 들고 다닐까!)

내가 학교에 다니지 않는 것이 호들갑 떨 일이라도 되는 양 굴고, 조언이랍시고 이 말 저 말 내어놓기까지 하면 자리를 뜨고 싶은 마음이 솟구친다. '비자퇴생'의 조언이 '자퇴생'에게 무슨 소용이야. 심지어 졸업한 지 몇 년이 지난 사람의 말은 재학생에게도 아무 도움 안 되는데……. 같은 상황인 사람들이 하는 말이라면 고맙게 듣겠지만 아닌 사람의 말은 부담스럽다. 피곤해서 답하고 싶지 않은데 그새 습관이 든 입이 저절로 대답한다.

"학교를 왕복하는 시간이 너무 길고, 집에 늦게 들어오니까 몸이 힘들어서요."

여기서 끝내 주면 참 좋을 거야, 그렇지?

나는 긴 머리를 하지 않은 여성이다. 내 성별을 아는 사람들은 "머리 왜 잘랐어?" 하고 묻는다. "기르면 예쁠 것 같은데"라는 말도 덧붙여서.

지난 16년을 긴 머리로 사는 동안 왜 머리를 길렀냐는 질문을 받은 적 없다. 기껏해야 단발해 볼 생각이 없냐는 말 정도다. 그런데 고작 1년 반 동안 짧은 머리로 지내면서 만나는 사람마다 물어본다. 남자 같다는 말도 한다. 내가 어떤 이유를 대든 길러 볼 생각 없냐고 머리 긴 모습을 보고 싶다고 한다.

'네가 내 긴 머리를 보고 싶든 말든 나랑 상관없는데 어쩌라고?' 그들은 생각 없이 말하는데 나마저 이러면 싸움이 난다. 비꼬는 말을 삼키고 "짧은 머리를 더 해 보고 싶다, 기를 생각이 없나"고 말한다. 그래도 꿋꿋하게 "꼭 길러, 여자는 긴 머리야"라며 누가 정한 건지 모를 이상한 잣대를 들이댄다. 왜 인간의 탈을 쓰고 개소리를 하는 걸까. 그런 말을 들을 때마다 머리는 절대 안 기르고 죽을 때까지 짧은 머리로 살아야지 다짐한다. 짧은 머리 최고!

사람들은 자신이 가지 않은 길에 대해서는 잘 모른다. 그것은 무식한 탓일 수도, 그저 관심이 없기 때문일 수도 있다. 하지만 자기와 다른 사람들에 대해 생각하지 않는 사람은 쉽게 남들에게 상처를 준다. 여러 번 불쾌한 질문을 받으면서 나도 누군가에겐 그들과 다를 바 없지 않았을까 하는 걱정이 들었다.

그래서 지금부터라도 공부하고 다른 사람들 이야기에 귀 기울이려고 한다. 내가 걷는 길이 존중받고 싶은 만큼 상대를 존중할 줄 아는 사람이 되고 싶다. 그러기 위해서 조언자와 꼰대는 한 끗 차이고, 다른 일을 하는 사람이 쉬워 보인다면 그건 그 사람이 잘하고 있기 때문이라는 말을 날마다 잊지 않고 되새긴다.

세상 사람 모두가 다른 길을 걸어도, 이 길만은 함께 걷길 바란다.

# 자신의 선택이 두려운 당신에게

김명중

자퇴생이라면, 자퇴를 생각하는 사람이라면, 학교 밖 청소년이라면, 누구나 한 번쯤 '세학자'를 들어 봤을 것이다. '세상이 학교인 자퇴생'이라는 이름의 온라인 커뮤니티 세학자에는 날마다 자퇴 고민이 올라온다.

'제가 선택한 게 맞는 걸까요? 막상 자퇴를 하고 나니 불안해요.'

내 대답은 당연하다는 말뿐이다. 인생에서 큰 변화가 일어나는 터닝 포인트는 누구나 가지고 있다. 일곱 살 때 정글짐에서 미끄러져 다리를 다친 일, 짝사랑하던 사람이 떠나가는 일, 시간을 때우려 들어간 영화관에서 혼자 펑펑 울며 나온 일, 열아홉에서 스무 살이 되는 날……. 타인이 만들었거나 우연히 벌어진 터닝 포인트도 불안할 만하다. 하물며 자신이 만든 거라면? 결혼, 출산, 이직, 진학 같은 것들 말이다.

그런 건 당연히 불안한 것들이 아닐까. 불안할 수밖에 없는 일이다, 큰 무리에서 떨어져 나오는 건 더더욱. 내가 겪어 보지 못한 일이고, 겪어 봤다 해도 그 결과를 장담할 수 없는 일이기에……. 자퇴가 무조건 답은 아니다. 학교도 무조건적인 답은 아니다. 그리고 이미 많은 사람들이 결론 내렸듯이 내 인생만 노답인 것 같지만 네 인생도 노답이고 모든 인생이 노답이다.

그래서 인생은 후회가 남는다. 공부를 게을리한 이들은 좀 더 공부하지 않은 것을 후회한다. 공부를 열심히 한 이들은 좀 더 놀지 못한 것을 후회한다. '내가 자퇴를 하지 않았더라면 훌륭한 사람이 되었을까? 성공했을까?' 하는 질문은 삼가길 바란다. 자퇴를 하지 않더라도 후회는 남을 것이다. 똑같이 '그때 자퇴했더라면?'이라는 질문을 던지겠지. 그래서 뭐 어쩌라고 따진다면 할 말이 없다. 인생은 노답이니까.

결국 뻔하고 진부한 결론을 내리자면, 마음가짐이 중요하다는 말밖에 할 말은 없다. 불안한 자신을 보고 우울할 필요는 없다. 당연한 불안이니까. 어쨌든 자퇴를 하고 불안한 건 자연스러운 일이다. 축축하고 더운 여름날에 집에 돌아와 보니 냉장고에 넣지 않은, 어제 먹다 남은 제육볶음이 부엌에 있다. 냄새를 맡아 보니 살짝 시큼한 냄새가 나는 것 같기도 하다. 그렇지만 일단 너무 배고팠기에 제육볶음을 먹었다. 내가 먹은 게 상한 음식이었을까 봐, 그래서 탈이 날까 봐 불안한 건 당연한 일이다.

다행히 쓸데없는 걱정일 수도 있다. 그렇지만 탈이 날 수도 있다. 뭐 어때, 이참에 며칠 쉬는 거지. 집에서 쉬다 보니 탈이 나는 게 그렇게 나쁜 일만은 아닌 것 같다.

불안해도 된다. 자연스럽고 당연한 일이다.

# 자퇴를 고민하는 친구들에게

이한슬

친구가 그동안 참 많이 힘들었고, 앞으로도 힘들 것 같아요. 그리고 제가 생각하기에 주변 사람들도 친구의 생각을 만류하며 다그치기만 할 것 같고요. 우리가 사회 구성원으로 살아가고 있는 한, 보편적 시선으로부터 벗어나기란 참 어려운 것 같아요. 친구가 하려는 자퇴라는 길은 소수가 선택하는 길이기 때문에 쉽지는 않겠다는 생각이 들어요. 하지만 저는 어떤 것이 좋다, 나쁘다고 단편적으로 규정할 수는 없다고 생각해요. 우리가 좋다고 하는 것들에도 단점이 있고, 나쁘다고 하는 것들에도 장점이 있는 것처럼 모든 것은 양면성이 있고 복합적이죠. 정답이 없다는 이야기를 해 주고 싶어요. 저마다 최선의 선택을 하고 살아갈 뿐이죠.

저는 자퇴한 것을 후회하지 않지만, 그렇다고 자퇴를 하라고 말해 주고 싶지는 않아요. 자퇴를 하지 않고 학교를 계속 다니면, 남들 시선으로부터 자유로울 수는 있겠지만 지금 친구가 겪는 힘듦이 떠올라 친구를 괴롭힐 수도 있겠죠. 자퇴를 한다면, 남들 시선과 불안함 때문에 힘들 수 있겠지만 스스로에 대해 알아 가는 시간을 충분히 가질 수 있을 거예요. 그밖에도 수많은 변수들이 있다는 것을 생각하면 정답이 뭐라고 말할 수는 없어요. 특히나 눈에 보이는 게 다는 아니거든요.

다만, 자퇴를 먼저 해 본 사람의 입장에서 '학업중단 숙려제'는 꼭 해 보았으면 좋겠어요. 지금 당장은 아무것도 하기 싫을 수도 있지만, 한 달 정도 푹 쉬다 보면, 편한 사람들과 이야기를 많이 하다 보면, 다시 학교에 다니고 싶거나 전학이라는 다른 길을 선택할 마음의 여유를 얻을 수도 있으니까요. 무엇보다 숙려제를 지내고 자퇴를 선택하면 숙려제 없이 결정하는 것보다 덜 불안하고 편안하게 선택할 수 있을 거예요. 저는 자퇴를 후회하진 않지만, 자퇴를 마음먹고 도망치듯 바로 해 버렸기 때문에 자퇴 후에 너무 불안했어요. 그래서 제가 그때로 돌아간다면 학업중단 숙려제를 가진 뒤에 결정할 것 같아요.

친구가 어떤 선택을 하든 친구를 응원할게요. 항상 자신을 아끼고 사랑해 주고, 평온하길 바라요. 잘 챙겨 먹고, 잠도 푹 자는 그런 하루들을 보내길 바라요.

# 마음껏 아파할 자유

이한슬

나는 학교를 다니지 않는다. 학교를 다니지 않는 건 생각보다 힘들지만, 또 생각보다 멋진 일이다. 고등학교를 자퇴한 뒤, 나는 혼자 있는 시간이 많아졌다. 그렇다는 것은 완전히 벌거벗은 나 자신과 마주한다는 것을 의미한다. 외롭고 고되고 힘든 일이다. 특히 나는 그동안 사회적으로 성공한 삶을 살아야 한다며 스스로를 채찍질해 왔기에, 자퇴 후 내 뜻대로 되지 않는 상황에 많이 힘들었다.

한 일주일 정도는 정말 좋았던 것 같다. 우선 학교라는 틀에서 벗어나 자유를 얻었고, 일주일 정도는 놀아도 부모님이 뭐라고 하지 않았기 때문이다. 그러나 나는 점점 일상을 잃어버렸다. 평범한 삶이 이렇게 힘든 것이었나 싶었다. 상실로부터 오는 공허함은 열일곱 소녀가 감당하기엔 너무나도 큰 것이었다. 학교에 다니는 '학생'이라는 공통점이 사라지면서 친구들과 만남을 피하게 되었고, 나중에는 아는 사람을 만날까 봐 밖에 나가는 것 자체를 꺼리게 되었다. 늘어난 테이프처럼 긴 하루를 채우려고 나는 재밌지도 않은 핸드폰 속을 들여다보면서 하루 종일 시간을 보냈다.

나는 스스로를 사랑하는 법을 알지 못했다. 그래서 부모님께 의지하기를 바랐건만, 당신들께선 어려서부터 남에게 의지하지 않고 살아온 딸이 좌절해서 한껏 웅크려 있는 것을 받아들이지 못했다. 그때 나는 당신들 또한 완벽하지 않은 인간이라는 것을 이해하지 못했고, 그래서 당신들의 모난 말과 무심한 태도는 내 마음에 비수로 꽂혔다.

아무에게도 인정받지 못한 나는 좁고 어두운 혼자만의 방에 웅크려 자책에 빠졌다. 자존감은 바닥을 쳤고, 생활 패턴은 완전히 무너졌다. 집 안에서는 죄인처럼 조용히 지냈으며, 식구들과 마주치고 싶지 않아 방 안에 콕 박혀 나오질 않았다. 미래에 대한 아무런 희망이 없었다. 감정 기복이 정말 심했고 밤마다 눈물로 지새웠다. 남들이 하는 사소한 말들에 예민하게 반응하고 상처받기를 반복했다. 결국 사람을 두려워하게 되었고, 우울한 노래만 들으며 사람을 만나지 않는 은둔형 생활을 이어 갔다.

하지만 열심히 공부한다는 전제로 허락받은 자퇴였기에, 그리고 난 그 책임을 져야 했기에 무거운 몸을 이끌고 도서관에 가 공부를 시작했다. 내 마음이 지옥인데 공부가 잘 될 리가 없다. 당장 집 밖을 나서는 것도 힘든데 말이다. 나는 도서관에서 억지로 공부를 하면서 간간이 마음공부 관련 책과 영상들을 보며 머리를 식혔다. 재수 학원을 다니면서 그것마저도 하지 못하게 되었지만 말이다. 아무튼 그때는 그런 휴식으로 약간의 위안을 얻었다. 그리고 무엇보다 그때 본 책과 영상들은 내가 성장하는 데 많은 자양분이 되었다.

2018년부터는 재수 학원에 다니면서 쉴 틈 없이 공부했다. 중간에 여러 가지 이슈들이 있었고, 수능 점수는 좋지 않았지만 말이다. 자퇴한 2017년부터 수능을 본 다음 해까지 나는 암흑 속에 있었다. 내 마음은 너무 지쳤지만 그 상태에서 계속 공부를 해야 한다는 것, 그리고 아빠와 갈등. 이 두 가지가 나를 계속 갉아먹었다. 아빠는 부모가 자식한테 그 정도 말도 못 하냐고 하지만, 그때 나는 아빠가 내 입안을 휴지 조각으로 가득 채워 넣는 기분이었다. 숨이 막혀 아무 말도 할 수 없었고, 눈물을 삼키고 몰래 숨어 울면서 그 모든 아픔들을 삼켜야 했다. 부모 자식 관계는 안타깝게도 완전히 갑을 관계이기 때문에 그 권력 관계에서 내가 반항하지 못하는 건 당연하다. 그때 내가 할 수 있는 건 닥치고 공부하는 것밖엔 없었다. 지금의 나라면 다를지도 모르지만…….

수능에서 만족스러운 결과를 얻지 못해서 대학에 가지 않기로 다짐하고도, 올해 다시 재수 학원에 들어갔던 건 불안해서였다. 내가 아직 단단하지 못해서……. 이 사회는 뿌리를 제대로 내리지도 못한 어린 새싹을 마구 흔들어 댄다. 그 놀음에 당하지 않으려면 틈날 때마다 나 자신을 키우고 성장시켜 단단해져야 한다. 그 누구도 나를 키워 주지 않는다. 내 스스로 시간을 들여 생각하고 탐구하며 나 자신에 대해 알아 가야 한다.

# 밖으로

이시윤

'학교를 다니지 않는다는 것에 대해서.' 이 글을 몇 번이나 썼다 지우기를 되풀이했는지 모른다. 이 주제에 대해 모든 것을 설명하려면 아마 내가 아주 어렸을 때 이야기부터 꺼내야 할 것이다. 아직 담담해지기 어려운 이야기들이라 그럴 수도 있지만, 나에 대한 대서사시를 들추는 것 자체가 피곤한 일이다.

나는 그래서 대뜸 "학교를 왜 안 다니는데?" 하는 식으로 질문을 던지는 사람들이 싫다. 그들은 나에게 관심이 없다. 다만 나를 어떤 사례로써 본인들의 궁금증을 해결하고 싶어 한다. 아니, 내가 본인들의 궁금증을 해결해 주어야 한다는 눈치다. 나는 그들이 바라는 대로 대충 설명하곤 한다. 차라리 덜 피곤한 방법이기 때문이다.

그러다 보면 나도 까먹게 된다. 내가 어떻게 학교를 다녔으며 왜 학교를 관뒀는지에 대해. 그리고 앞서 말한 나의 대서사시를 언제까지고 덮어 둘 수는 없다. 그렇기에 조금씩 이야기해 보고자 한다.

이 글을 쓰는 데 얼마나 오랜 시간이 걸릴지는 모르겠다. 뒤틀린 나와 마주하는 것은 아직도 두렵고 눈물이 난다.


### 나는 좋은 사람이고 싶었다

다섯 살 때 《지도 밖으로 행군하라》라는 책의 제목을 또박또박 읽자 손뼉을 치며 환하게 웃어 주던 엄마 얼굴이 아직도 선명하다. 나는 제법 똑똑했고 어른들은 똘똘한 나를 좋아했던 것 같다. 어른들이 나를 사랑하지 않았다는 이야기는 아니다. 내가 '똑똑했을 때' 받은 반응이 유독 인상적일 뿐이다.

여덟 살에는 받아쓰기 시험에서 처음으로 만점을 받지 못했다. 교실에서 한 번도 화를 낸 적이 없던 나는 그 자리에서 공책을 찢어 버렸다. 집에 와서도 울었는데 엄마가 혼내지 않고 격려해 주었을 때 느낀 미묘한 감정을 잊지 못한다. 백 점이 아니어도, 그러니까 내가 똑똑하지 않아도 괜찮다는 것이 어색했다. 그 뒤로도 열 살까지 받아쓰기는 거의 만점을 받아 왔지만, 아닐 때의 경우는 잘 기억나지 않는다.

나는 점점 열심히, 즐겁게 하는 대신 빨리 하고, 점수를 잘 받는 요령을 익혔다. 잔머리와 집중력이 한몫한 걸까. 한번은 영어 학원 선생님이 "시윤이는 열심히 하는 것 같아 보이진 않는데 잘해서 달리 할 말이 없다"고 한 적도 있다. 그런 나에게 아빠는 늘 "결과보다 과정이 중요하다"고 말했다. 그러나 어찌 되었든 결과가 좋으면 칭찬을 받았다. 내색하지 않았을 뿐, 나에게는 좋은 결과가 훨씬 중요했다.

나는 좋은 사람으로 남고, 사랑을 받고, 갈등이 해결되면 그만이었다. 갈등이 생기면 내가 양보하는 방법을 택했다. 갈등 상황을 빨리 끝내고자 내가 먹을 몫을 포기하고, 먼저 사과하고, 혼자 책임지는 것이 몸에 밴 것이다. 3년 반 동안 중, 고등학교를 다니며 몸살이나 생리통을 핑계로 결석을 하고 모둠 활동을 홀로 책임진 적도 많다. 언젠가 친구들에게 "이시윤이랑 모둠하면 모둠 활동 개꿀이다"는 말을 듣고 짜증을 내기도 했다. 하지만 그 이유를 내가 가장 잘 알고 있어 반박할 수 없었다.

성적을 떠나 인간관계에서도 그랬다. 친구를 위해 나를 깎아내렸고, 그것을 사실로 받아들였다. 이런 내 모습은 남들에 비해 크게 이상하거나 다르지 않았다. 종종 불쾌함을 참지 못해 화를 내기도 하고, 내 잘못으로 친구와 다툰 적도 있다. 하지만 금세 친구에게 화를 낸 내가 미워졌다. 문제에 직면했을 때 스스로를 탓하는 것이 편했다. 내가 나에게 상처 주는 것쯤은 괜찮다고 생각했다. 그러다 혼자 남으면 내가 초라하게 느껴졌다. 좋은 사람이 되려고 전전긍긍하다 보니 나는 못난 사람이 되어 있었다.

## 벽

고군분투 덕에 나에 대한 평판은 대부분 좋은 편이었다. 가끔은 화도 내고 대들기도 했지만, 대부분 시키는 대로 잘 했으므로 부모에게도 괜찮은 딸이었을 것이다. (지금은 아니겠지만.) 엄마가 "너 같은 딸이라면 몇 명도 더 키울 수 있다"고 말할 정도였다. 그런데 나는 엄마와 아빠를 비롯해 사람들 앞에서 진심으로 말하고 웃기 어려워졌다. 사랑받고 싶어 눈치를 살피고 반응한 것이 결국 솔직한 마음을 꺼내기 두렵게 했다.

오늘 왠지 울었는데 왜 눈물이 나온 걸까? 자괴감 때문에? 부모님이 아무리 좋은 말씀을 해 주셔도 마음을 놓을 수 없는 존재임을 느껴서?

아무래도 그런 생각들이 뒤엉켜 살고 싶지 않다는 생각이 들었다. 마음 터놓고 대화할 상대가 있으면 좋겠다. 나는 도망치고 싶은 걸까, 사랑을 받고 싶은 걸까?

-2018년 1월 7일의 일기 가운데

## 저 자퇴할래요

감기처럼 찾아온 우울증의 단편일지도 모른다. 누구나 감정의 기복을 가지며, 때로는 우울증을 겪는다. 하지만 나를 깎아내리는 습관과 나보다 남을 우선하는 모습은 고질적인 문제였다. 결국 이타적인 것과 이기적인 것은 동전의 양면과 같다. 나는 나를 위해 나를 챙기는 것을 미루었을 것이다. 나도 다른 사람도 사랑하지 못함을 알게 되자 무너져 내리는 것 같았다.

나는 왜 사랑을 받고 싶었는지, 어렸던 나에게 물었다. 그러나 대답은 돌아오지 않았다. 나는 내가 미웠고, 스스로를 좋아하지 못하는 내가 더 싫었다. 그렇게 악순환이 계속되며 이우고등학교 1학년이 되었다.

고등학교 공부가 힘들다는 이야기는 누누이 들어 왔지만 수업에 집중조차 할 수 없었다. 수업의 난이도보다 더 적응하기 힘든 것은 입시 교육을 지양하는 학교인데도 등급이 자주 이야기되고 점수를 잘 받는 게 다인 것 같은 분위기가 느껴질 때였다. 정해진 시간 안에 점수를 위한 공부와 나를 위한 공부 모두를 소화해야 했고 그것이 매우 벅찼다. 수업 시간에 앉아 있는 것조차 힘들었다. 수업에 집중하지 못한다는 사실에 더 스트레스를 받았고 급기야는 죽고 싶었다. 내가 쓸모없게 느껴졌다. 그렇게 있다 보면 어릴 적 받아쓰기 점수에 집착하던 내 모습이 떠올랐다.

나는 수업 안에 있었지만 점점 수업과 분리되고 있었다. 급기야 '잘 하기'를 포기하고 부담을 가지지 않기로 했지만 의미 없이 다가오는 시간들은 괴롭게 느껴졌다. 얻는 것 없이 교실에 앉아 45분을 버티는 것은 숨이 막혔다. 수업이 아니라면 자치활동에서라도 학교 다니는 의미를 찾고 싶었다. 바쁜 일정이지만 예술전 준비 위원, 성교육 자치기구 등 '뭐라도 열심히 하고자' 했다. 하지만 활동이 주류가 될 수는 없었고 나는 불어난 일정에 허덕일 뿐이었다.

날마다 아빠와 엄마에게 울거나, 울지 않으며 자퇴하고 싶다고 얘기했다. 그해 5월부터는 주마다 심리 상담을 받았다. 그런데도 학교가 너무 싫고 괴로워서 역설적으로 '학교를 가지 않는 날'이 하루쯤은 있어야 학교가 다닐 만할 것 같았다. 하루는 학교 대신 처음으로 서울 망원동에 갔고, 또 한 번은 친구와 둘이서 제주도로 여행을 갔다. 학교에서는 자퇴했을 때 어떻게 살고 싶은지를 상상하며 시간을 보냈다. 수업 시간에 교실 안에 있는 것만으로도 패닉이 오는 것은 여전했지만, 당장 벗어나지 못한다면 버티기에는 좋은 방법이었다. 내가 하고 싶은 것을 생각하고 계획할 때면 잠시나마 내가 살아 있는 것 같았다. 구상하는 이야기들, 가고 싶은 곳들, 배우고 싶은 것들. 자퇴를 하더라도 다 할 자신이 있는 것은 아니었다. 다만 할 수 있는 상황에 놓여진다면 못 해 볼 것들도 아니었다. 그게 희망으로 느껴졌다. 하지만 내가 아무리 멋진 계획을 세운다 한들 부모님이 자퇴를 허락해 줄 리가 없었다. 엄마는 내가 체험학습을 신청하고 정직하게 수업을 빠지는 것까지 탐탁지 않아 했으니 말이다.

처음 아빠와 엄마는 내가 학교에서 잘 하기를 바랐고, 내가 자꾸 바깥으로 나가려 하자 그저 학교에 다니기만을 바랐다. 성적표가 집으로 올 때면 나는 늘 긴장한 채로 엄마와 마주했는데, 엄마는 성적표를 확인조차 하지 않았다. 엄마는 나에게 마음가짐의 문제라며 화를 내기도 했고, 어떨 때는 잘 해 보자며 어르고 달래다가도 "넌 정말 왜 그러니!" 하며 눈물을 흘렸다. 아빠는 내 이야기를 말없이 듣거나 자기 인생 이야기를 한 시간 가까이 하고는 "더 생각해 봐" 하고 이야기를 끝마쳤다. 나는 공교롭게도 부모 말을 잘 듣는 딸이었으므로 아빠가 그 말을 할 때마다 계속 '다시' 생각했다. 나중에는 나보다 엄마가 먼저 진절머리가 나, "뭘 더 생각해! 그만 생각해!" 하고 쏘아붙이기까지 했다.

점점 혼란스러워졌다. 진전 없이 방학을 맞았고, 학교를 계속 다닐 생각을 하니 불안해 잠을 설치며 방학을 보냈다. 그리고 방학이 끝날 무렵, 부모님의 포기 선언마냥 자퇴 허락을 받았다.

또 몇 차례 우여곡절을 겪었지만 어쨌든 10월에 나는 공식적인 '학교 밖 청소년'이 되었다.

다시 돌아보자면 정말 마음가짐의 문제였을 수도 있다. 나는 분명 아팠고, 내 마음을 제어할 수 없었다. 무엇보다도 학교에 있으면 괴로웠다. 종종 학교에서 도망치는 악몽을 꾸기도 했다. 약해진 몸과 마음을 회복하기 위해 이런저런 노력을 했지만 결국 자퇴를 하고 서서히 건강을 찾았다. 회피만이 정답은 아니

라고 수없이 들었지만, 스스로를 잃어 가며 악착같이 버티는 것
또한 정답이 아닐 것이다. 사실 정답은 없다고 생각한다. 나는
모두가 어떤 선택을 하든 건강하게 살았으면 좋겠다.

### 학교를 떠나는 것, 그 이상의 것들

자퇴 이야기를 할 때마다 엄마와 아빠는 나의 인간관계를 걱
정했다. 그도 그럴 것이, 내 인간관계란 같은 동네에 살지도 않
는 학교 친구들이 전부였으며 그 친구들은 나에게 '자퇴 축하
파티'를 해 줄 만큼 좋은 사람들이다. 한 학기를 친구들 덕에 다
닐 수 있었다고 해도 될 정도다.

걱정과 달리 나는 평소에 혼자 다니는 것이 잘 맞았다. 예전에
는 날마다 사람들과 지내며 에너지를 소모해 혼자 다니는 것이
휴식이었다면, 그 반대가 된 상황에서는 사람을 만날 때 에너지
를 더 쓸 수 있었다. 날마다 만나지는 않지만 나처럼 자퇴한 친
구들부터, 같은 밴드의 공연을 자주 보러 다니는 친구들까지 사
귀게 되었다. 제도권을 조금 벗어나니 나이도, 사는 지역도 다양
한 친구들을 만날 수 있었다.

물론 좋은 사람들에게 응원을 듣고 꽃길만 걷는다면 참 좋을
것이다. 그러나 현실은 늘 그렇지 않다. 가끔은 정말 외롭고 혼
자 남은 것 같다. 또 누군가는 나에게 자기만의 편견을 들이대

고, 내가 은근히 그 편견 안에 갇혀 있길 바란다. 그걸 느꼈을 때 이제 나라도 완전한 내 편이어야겠다고 생각했다. 다른 사람을 위한 내가 아닌 온전히 나를 위한 내가 되어야겠다고. 혼자라는 생각이 들자 의외로 나는 더 강해졌다. 온실 속 화초가 아닌 잡초가 되라고 엄마가 옛날부터 말해 왔는데, 빳빳하고 안 뽑히는 잡초가 되어 건강히 뿌리 내리는 중이다.

자퇴가 결정될 즈음, 엄마가 나에게 말했다.

"네가 기억을 할지 모르겠어. 넌 항상 어른스럽고, 예의 바르고, 조용한 아이였는데……. 너 일곱 살 때 제주도로 여행 간 거 기억나? 만장굴 앞에 분수대가 있었는데 네가 거기서 엄청 재밌게 놀았어. 네가 소리를 지르며 물줄기 사이사이를 뛰어다니는데, 엄마랑 아빠는 엄청 충격을 받았어. 처음 본 모습이어서, 너한테도 그런 모습이 있는 줄 몰랐으니까. 아빠랑 네 자퇴 얘기를 하는데, 아빠가 그때 얘기를 꺼냈어. 아빠는 그게 네 안의 본모습이고, 지금 네가 자퇴를 하려고 하는 것도 아마 네가 이제 네 모습대로 살려고 하는 거라고 했어."

타고난 본성을 그대로 간직한 채 사는 사람은 드물지만, 내가 본모습을 지우거나 감추지 않고 살았더라면 어땠을까 생각한다. 오히려 특별하지 않았을 것이다. 일곱 살 아이가 분수대에서 소리 지르며 노는 모습은 지극히 평범하기 때문이다. 직간접적으로 강요받은 모습과 제도 속에서 나의 야생성은 억눌리고 뒤

틀린 채 커 왔고, 괴롭다고 외쳤다. 그리고 이제 다른 모습으로 팔다리를 뻗으려 한다. 따라서 내 자퇴는 학교를 다니지 않는 것 이상의 의미를 가지게 되었다.

나는 아직도 필요 이상으로 눈치를 본다. 착하지는 않지만 '착한 아이 콤플렉스'에 갇혀 있다. 새로운 사람을 만나는 것 또한 여전히 긴장되는 일이다. 하물며 세입자에게도 정리하고 나갈 시간을 주는데, 사람 성격이 하루아침에 바뀔 리가 없다. 나는 이 세입자를 내쫓는 대신 따뜻한 목욕물에 씻기고 잘 먹여서 재우고 싶다. 고생이 많았다고, 이불을 꼭 덮어 줄 것이다.

# 낭랑 십팔 세

이시윤

새해에 엄마와 아빠가 내게 이런 덕담을 남겼다.

"시윤이, 올해 열여덟인데, 낭랑 십팔 세답게 살아. 밝고, 명랑하고, 신나게."

도대체 '낭랑 십팔 세'라는 말은 어떤 머저리가 쓰기 시작해서 나조차도 낭랑해지고 싶게 하는지 (그래야 할 것 같게 하는지) 모르겠다. 나를 비롯한 십팔 세들은 낭랑보단 '아뿔싸 십팔 세'나 '엉엉 십팔 세'에 더 가까운데. 이 말을 만든 사람과 말을 지켜온 사람들은 대체로 십팔 세와 거리가 멀 거라 장담한다. 내가 너무 성급한 일반화를 하는 게 아니라면, 열여덟을 이미 지나온 사람들의 열여덟도 낭랑하지만은 않았을 것이다. 그런데도 '열여덟'과 '청춘'이란 키워드가 아름다운 판타지로 포장되는 이유가 무얼까? 나이를 먹으면서 잊는 걸까, 아니면 차라리 그때가 그리워지는 걸까? 정말 지금이 내 인생에서 가장 밝을 때라, 그리워할 날이 오게 될까? 인생은 참 아이러니하다.

그놈의 낭랑 십팔 세도 4분의 3이나 지나온 시점에서 내 십팔 세가 얼마나 낭랑했는지 돌아본다. 기억은 미화되기 나름인데 큰일이다. 아름답고 낭만적이라고 할 기억이 별로 없다. 분명 드라마에선 다들 불꽃놀이도 하고 부둥켜안은 채로 쪽쪽거리던데, 나는 로맨스는커녕 땡땡이칠 학교조차 진작 나와 버렸으니! 드라마는 드라마일 뿐이지만, 스스로 적잖이 충격을 받은 것은 사실이다. 처음엔 학교를 나와서 그런 걸까 싶었다. 내가 자퇴하기 전후로 엄마도 줄곧 그런 것에 대해 걱정했다. '학창 시절의 추억이 얼마나 소중하니.'

옆 동네 또래들은 나른한 추억과는 거리가 멀어 보인다. 그들은 밤늦게까지 학원에서 시간을 보낸다. 밤 열 시가 넘으면 그들을 픽업하기 위한 부모들의 러시아워가 펼쳐진다. 내게 추억을 강조하는 엄마는 동시에 그 당연한 현실과 나를 비교한다. 그러면 나는 고개를 갸우뚱하고 돌아누워 미국 하이틴 드라마를 본다. 어느덧 드라마 속에서도 어떤 캐릭터는 한국으로 대학을 간다. 드라마를 끄고 인스타그램에 들어가니 친구는 어둡고 칙칙한 사진을 올리며 '청춘'을 갈망한다. 우리는 청춘이라는 단어가 주는 자유로움과 건강함을 좋아하지만, 정작 청춘인 우리는 그 감정이 어디서 오는지 모른다.

최근에 〈벌새〉라는 영화를 봤다. 두 번이나 봤다. 영화는 정말 현실적이고 잔잔했다. 그동안 봐 왔던 십 대가 주인공인 이야기 중에서 가장 조용했다. 나는 영화를 보며, 극장을 나와서도, 영화를 생각하며 울었다. 주인공인 은희와 또래 청소년들 또한 아름답고 낭랑하지만은 않았다. '사춘기' '청춘' 같은 단편적인 시선들로 해석되기에 그들의 세계는 입체적이고 웅장하면서도 단절되어 있었다. 줄곧 씁쓸함이 맴돌았다. 가장 보편적인 은희는 "제 삶도 언젠가 빛이 날까요?" 하고 물었다.

다시 내 일상으로 돌아와서, 나의 삶은 역시 외국의 하이틴 시트콤보다 〈벌새〉에 가까웠다. (20년이 지나도 한국은 한국인가 보다.) 그런데도 내가 활기 넘치고 빛나야 할 것만 같았다. 나조차도 지금의 나를 왜곡해서 보고 있기 때문이다. 계속해서 무언가 되어야 할 것 같았고, 되고 싶어 해야 할 것 같았다. 옆 동네 학생들처럼, '되기 위해' 발을 맞춰야 할 것 같았다. 덜 자란 얼굴의 남자애와 첫사랑을 해야 할 것 같았다. 알아도 몰라야 하지만 야무져야 할 것 같았다. "왜냐면 지금은 그럴 시기라 그래"라는 짧은 이유는 월경 때문에 폭식할 때나 덧붙일 만한데 말이다.

맞아. 우리는 맑지도 않고 찬란하지도 않다. 자유롭기엔 억눌려 있다. 단순하고 명랑하기엔 짜증이 많다. 쪼끄만 게 배짱이 어디서 나오긴, 딱히 작지도 않고 배짱도 없다. 내가 나이를 속이고 술이라도 사면 난리가 날 사람들이, 나이에 맞게 청소년 버스요금을 내니 거스름돈을 주며 화를 낸다. 내게 반발심을 갖지 말되 활기차고 자신 있게 살라고 한다. 어린애가 너무 헛웃음만 짓는다며 크게 웃으라고도 한다. 나답긴, 때론 시키는 대로 사는 것마저 어려워 죽겠다. 죽겠다고 하면 또 화를 낸다. 그래서 나는 조금 웃었다가, 조금 우울했다가, 그냥 그랬다가, 뮤지컬 주인공처럼 노래를 부르며 걷다가 속으로는 욕을 삼킨다.

그런 모호한 길을 걷는다는 것, 때론 지고 뜻을 굽혀도 그게 분해서 눈물을 흘리는 것, 아름답게 빛나라고 하는 가운데에서 찬란하지도 빛나지도 않는 '그냥' 십팔 세로 살아가는 것, 그 증거로써 나의 열여덟을 간직할 것이다.

# 우리에게

각자의 세상을 떠돌던 학교 밖 청소년들이 한곳에 모였습니다. 그날 우리는 자신을 단어 다섯 개로 써 보았고, 저는 조용하지만 시끄러운 사람들에게 소속감을 느꼈습니다. 토요일마다 아침 공기를 마시며 책방으로 걸어가는 길이 좋았습니다. 나무 테이블에 둘러앉아 글을 쓰고, 말을 나누고, 감정을 전한 친구들은 어느새 서로 많은 것을 공유하게 되었습니다. 짧은 시간이었지만 그 무엇보다 따뜻했고, 저는 그 기억에 기대어 스물이 되었습니다.

한낮에 버스를 탔을 때 느껴지는 따가운 시선, 당연하게 물어보는 "어느 학교 다녀?" "몇 학년이야?" 같은 질문들은 저의 존재를 지우는 것 같았습니다. 지워질 뻔한 친구들을 책방에서 만났습니다. 서로의 이야기가 용기가 되어 솔직한 글을 쓰게 되었습니다. 당당히 자신을 찾으러 떠나며 그 과정을 글로 남긴 친구들이 자랑스럽습니다. 기억을 써 내려가며 친구들은 어떤 생각을 했을지 궁금합니다. 아마 마냥 가볍고 후련하지만은 않았을 겁니다. 학교는 우리에게 잊을 수 없는 상처를 주기도 했습니다. 그 상처는 우리를 자라게 했습니다. 우리는 여전히 자라는 중입니다.

이 책에 실린 글 서른 편은 '학교를 다니지 않는 나'에 대해 말합니다. 대다수의 청소년들과 다른 길을 걷고 있는 이들을 이해하지 못할 수도 있습니다. 그러니 더더욱 이 글들을 읽어 주길 바랍니다. 다양한 빛깔을 지닌 친구들이 느낀 자퇴에 대한 감정, 기억, 그리고 아픔이 글 속에 녹아 있습니다.

우리는 '자퇴생'이라는 말로 간단히 정의할 수 있는 사람들이 아닙니다. 같은 경험을 한 이들이 이렇게나 많지만, 동시에 모두가 다른 사람입니다. 우리는 글을 쓰고, 말을 하고, 노래를 부르고, 사랑을 하고, 울고, 웃고, 숨을 쉽니다. 앞으로 우리에겐 수많은 날들이 남아 있습니다.

2020년 10월
'책방 다녀오겠습니다' 참여자들의 마음을 모아
1기 박주영이 썼습니다.

보리 청소년 12

## 나는 오늘 학교를 그만둡니다
자기만의 길을 찾아가는 학교 밖 청소년 이야기

2020년 10월 26일 1판 1쇄 펴냄 | 2021년 5월 27일 1판 3쇄 펴냄

**글** 김예빈 외 20명 | **기획** 교육기획 언니네책방(길도영, 김다희, 성어진, 윤나은)
**편집** 김로미, 이경희 | **교정** 김성재
**디자인** 한아람 | **제작** 심준엽
**영업** 나길훈, 안명선, 양병희, 원숙영, 조현정 | **독자 사업(잡지)** 정영지 | **새사업팀** 조서연
**경영 지원** 신종호, 임혜정, 한선희
**인쇄와 제본** (주)천일문화사

**펴낸이** 유문숙 | **펴낸 곳** (주)도서출판 보리 | **출판 등록** 1991년 8월 6일 제9-279호
**주소** (10881) 경기도 파주시 직지길 492
**전화** 031-955-3535 | **전송** 031-950-9501
**누리집** www.boribook.com | **전자우편** bori@boribook.com

© 강소현, 강지수, 김다영, 김다현, 김도연, 김명중, 김민서, 김예빈, 김은결, 김태희, 나은진, 박샘이나, 박예은, 박주영, 박주현, 소현, 유가은, 이시윤, 이한슬, 임고은, CHRISTA, 교육기획 언니네책방, 2020

이 책의 내용을 쓰고자 할 때는, 저작권자와 출판사의 허락을 받아야 합니다.
잘못된 책은 바꾸어 드립니다.
값 11,000원

보리는 나무 한 그루를 베어 낼 가치가 있는지 생각하며 책을 만듭니다.

ISBN 979-11-6314-147-1 43810

이 도서의 국립중앙도서관 출판예정도서목록(CIP)은
서지정보유통지원시스템 홈페이지(http://seoji.nl.go.kr)와
국가자료공동목록시스템(http://www.nl.go.kr/kolisnet)에서 이용하실 수 있습니다.
(CIP제어번호: CIP2020040929)